Grand Oral

Objectif BAC Tle

Isabelle de LISLE
Professeur agrégé de Lettres modernes

Sylvie BEAUTHIER
Professeur agrégé de Lettres classiques

hachette
ÉDUCATION

Les questions des enseignements de spécialité (pp. 40-45 et 48-57) ont été rédigées par les auteurs suivants :

Spécialité Mathématiques : Jean-Paul Luc
Spécialité Physique-Chimie : Daniel Ramirez
Spécialité SVT : Patrice Delguel
Spécialité SES : Alexandre Blin
Spécialité HGGSP : Vincent Adoumié
Spécialité LLCE Anglais : Karine Fontaine
Spécialité Anglais Monde contemporain : Karine Fontaine
Spécialité HLP : Amandine Sourisse

Conception graphique
Couverture : Stéphanie Benoit
Intérieur : Alicia Dassonville/Aurélie Lequeux
Composition et mise en pages : Médiamax
Illustrations : Julien Flamand

---

www.parascolaire.hachette-education.com

ISBN : 978-2-01-718614-4

Achevé d'imprimer en juin 2022 en Slovaquie par Polygraf - Dépôt légal : Juillet 2022 - Édition 01 - 27/7645/0

MODE D'EMPLOI

Cet ouvrage a été spécialement conçu pour vous accompagner tout au long de l'année dans votre préparation au Grand Oral.

Des conseils progressifs, clairs et précis

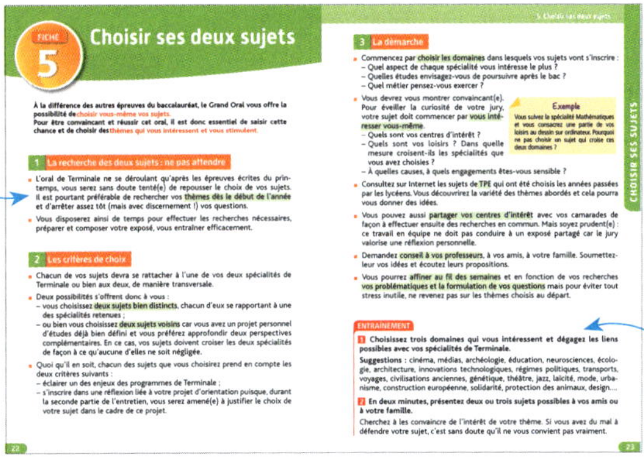

Des exercices pour vous aider à construire deux bonnes questions

Des exemples de questions dans chaque enseignement de spécialité

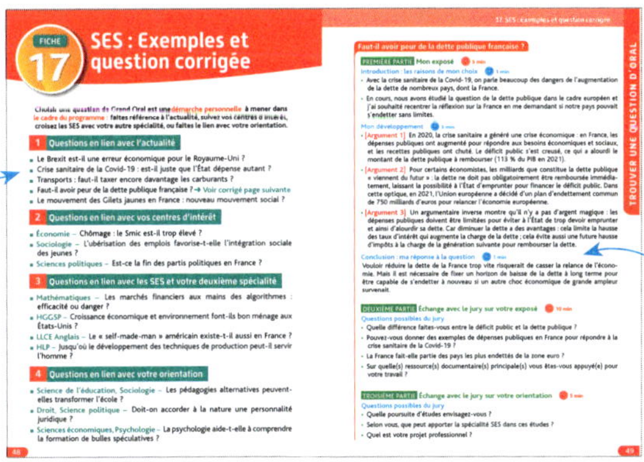

Une question corrigée dans chaque enseignement de spécialité

Les méthodes pour être en confiance le jour J

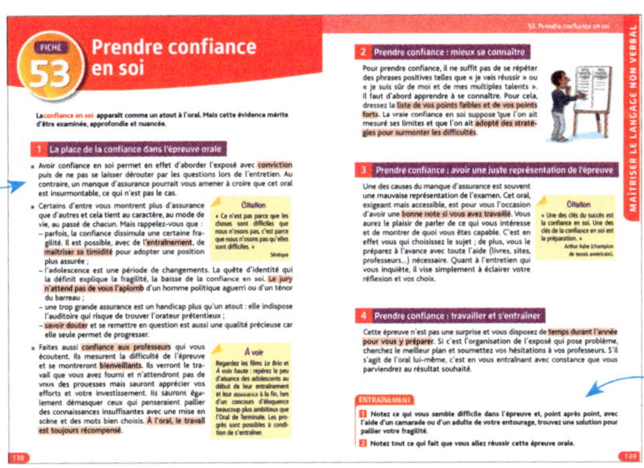

Des exercices pratiques pour vous entraîner toute l'année

SOMMAIRE

COMPRENDRE L'ÉPREUVE

CHOISIR SES SUJETS ET SE DOCUMENTER

Accède aux vidéos des SHERPAS

1. La Méthode du Grand Oral
2. Comment trouver et traiter les questions du Grand Oral
3. Grand O' : Comment faire bonne impression ?
4. Comment canaliser le stress du Grand Oral ?
5. Gérer les questions du jury

pxlme.me/tN7N6KXs

TROUVER UNE QUESTION D'ORAL SELON SES ENSEIGNEMENTS DE SPÉCIALITÉ

PARTIE I DE L'EPREUVE
Préparer l'exposé durant l'année

PARTIE II DE L'ÉPREUVE
Se préparer à l'échange avec le jury sur l'exposé

PARTIE III DE L'ÉPREUVE
Se préparer à l'échange avec le jury sur son projet d'orientation

MAÎTRISER LE LANGAGE VERBAL

MAÎTRISER LE LANGAGE NON VERBAL

COMPRENDRE L'ÉPREUVE

FICHE 1 Le déroulement de l'épreuve

1 La place de l'épreuve

- L'épreuve du Grand Oral a lieu au mois de juin. Elle fait partie des quatre épreuves finales de Terminale avec les épreuves des deux enseignements de spécialité et l'épreuve de Philosophie.
- Le Grand oral est rattaché, par le choix des sujets, au programme de Terminale mais aussi aux réflexions concernant l'orientation menées durant les heures dédiées (54 h réparties entre la Première et la Terminale).

	Coefficient
Série générale	**10**, soit l'équivalent du français

2 Les finalités de l'épreuve

L'épreuve donne au candidat l'occasion « de montrer sa capacité à prendre la parole en public de façon claire et convaincante ». Il montrera aussi qu'il est capable de mettre les savoirs acquis au service d'une argumentation et d'une réflexion sur son parcours envisagé après le bac.

3 Les deux questions

- Durant l'année de Terminale, le candidat formule et prépare deux questions. Ces deux questions, formulées par le candidat avec l'accord de ses professeurs, ne font pas l'objet d'une évaluation. Seule la façon dont le candidat traitera la question retenue le jour J est évaluée.
- Elles portent sur les deux enseignements de spécialité, soit pris isolément, soit abordés de manière transversale.
- Ces deux questions sont problématisées, ce qui les différencie d'une question de cours que le candidat se contenterait de réciter. Outre une maîtrise de l'oral, le jury attend une réflexion et une argumentation.
- Le candidat choisit ses deux questions en fonction de ses centres d'intérêt personnels et de ses projets d'avenir. Au cours de l'épreuve, il devra expliquer le choix de ses questions (voir ci-dessous).

- Le jury choisit une des deux questions. Seul un des membres du jury enseigne la spécialité correspondant au sujet ; le candidat devra donc veiller à ce que l'autre professeur comprenne aussi son exposé.

4 Le jury

Deux professeurs de disciplines différentes constituent le jury qui évalue le candidat. L'un d'eux au moins représente un des enseignements de spécialité de Terminale choisis par le candidat.

5 Les étapes de l'épreuve

Préparation : 20 min
Exposé : 5 min
Échange sur l'exposé : 10 min
Échange sur le projet d'orientation : 5 min

- Choix de la question par le jury parmi les deux sujets préparés durant l'année par le candidat.
- Préparation : 20 minutes
Le candidat dispose de vingt minutes pour rassembler ses idées et se remémorer le contenu de son exposé. Des feuilles sont mises à sa disposition durant ces vingt minutes. Le candidat peut préparer un support dont il disposera durant son exposé et qu'il peut également remettre au jury. Ce support ne fera pas l'objet d'une évaluation.
- Première partie de l'épreuve : un exposé de 5 minutes
L'exposé débute par l'explication du choix de la question problématisée par le candidat et se poursuit avec une réponse argumentée et illustrée à cette question. Le candidat se tient debout, sauf aménagement spécifique pour raisons médicales, et montre sa maîtrise de l'expression orale. Il peut disposer des notes prises pendant le temps de préparation.
- Deuxième partie de l'épreuve : un échange de 10 minutes avec le candidat dans le prolongement de l'exposé
Le jury revient sur l'exposé, demande des précisions, des justifications, aborde éventuellement de nouvelles perspectives. Il vérifie la solidité des connaissances, la capacité à argumenter et l'aisance à l'oral.
- Troisième partie de l'épreuve : un échange de 5 minutes sur le projet d'orientation du candidat
Le candidat explique le choix de sa question en lien avec son projet d'études. Il présente les différentes étapes de sa réflexion. Le jury n'évaluera pas le choix lui-même mais la capacité du candidat à l'analyser.

FICHE 2

Les compétences évaluées

Le jury valorise la solidité des connaissances du candidat, sa capacité à argumenter et à relier les savoirs, son esprit critique, la précision de son expression, la clarté de son propos, son engagement dans sa parole, sa force de conviction. Cette épreuve vous donne l'occasion de vous exprimer sur un des sujets que vous avez choisis et de montrer le sérieux de votre travail.

1 Les connaissances et compétences disciplinaires

- Les deux questions sont rattachées au programme de Première et de Terminale de vos enseignements de spécialité. Durant l'exposé, vous serez amené(e)s à mobiliser les connaissances et compétences spécifiques acquises dans une ou plusieurs disciplines.

> **Attention !**
> Vous avez passé en mars les écrits de spécialités mais vous devez continuer à réviser ces disciplines pour être à l'aise durant le Grand oral.

- La première partie de l'entretien prolonge l'exposé et le jury revient sur les notions que vous avez convoquées. Il vérifie que vos connaissances sont solides et que les méthodes pratiquées (démonstrations, conclusions d'expériences…) sont maîtrisées.
- Il ne s'agit pas simplement ici de restituer (réciter une démonstration ou décrire une expérience) mais d'utiliser vos connaissances. Si vous avez du mal à dépasser le stade de la restitution, le jury pourra vous guider lors de l'entretien. Il évaluera ainsi précisément votre degré d'autonomie, d'adaptation (à votre sujet, à la question d'un professeur) et de réactivité.

> **Grille d'évaluation**
> Examinez la fiche officielle d'évaluation, pp. 14-15, pour comprendre dans le détail ce que l'on attend de vous.

2 La capacité à argumenter

- Vous devez avoir choisi des questions problématisées et le jury vérifiera que vous avez cerné ces questions qui méritent une réflexion approfondie et peuvent parfois faire débat. Où se situe le problème de votre sujet ? Quels domaines sont impliqués ? Quelles réponses apparaissent ?
  En soignant votre introduction (présentation de votre question et justification de ce choix ; annonce du plan), vous pourrez montrer que vous dominez les enjeux de la question et que vous avez su dégager les grandes perspectives qui y répondent.

- Le jury attend des arguments fondés sur des connaissances et étayés par des exemples pertinents. Vous ne pourrez sans doute pas multiplier les arguments et les exemples durant l'exposé qui ne dure que cinq minutes mais la première partie de l'entretien vous donnera l'occasion de développer certains points.
- Votre réflexion doit être cohérente et votre démonstration pertinente. Évitez les plans décousus, les listes d'arguments ou d'exemples sans lien. Soyez clair en vous rappelant qu'un des deux professeurs n'enseigne pas la discipline concernée.
- Le jury appréciera particulièrement votre implication personnelle dans la réflexion.

3 La maîtrise de l'oral durant l'exposé

- Vous vous tenez debout face au jury ; vous pourrez prendre appui sur les notes prises durant le temps de préparation mais vous devrez éviter de lire un texte rédigé.
- Vous devrez faire preuve des qualités d'un orateur :
  - élocution claire, voix posée, rythme et niveau sonore adaptés ;
  - correction de la langue et pertinence du lexique employé, maîtrise de la rhétorique au service de la persuasion ;
  - maîtrise de la gestuelle, du regard, des codes de l'examen oral.
- Dans le cas des spécialités LLCER et AMC, l'exposé et le premier entretien, ou une partie de ceux-ci, peuvent se dérouler, si vous le souhaitez, dans la langue étudiée. Assurez-vous d'être compris par les deux professeurs.

Citation

« Il n'y a pas moins d'éloquence dans le ton de la voix, dans les yeux et dans l'air de la personne, que dans le choix des paroles. »

François de La Rochefoucauld

4 La maîtrise de l'oral durant l'entretien

- Vous choisissez de rester debout ou bien vous vous asseyez face au jury.
- Le jury attend de vous :
  - une qualité d'écoute et une attitude respectueuse ;
  - une implication personnelle et une spontanéité contrôlée ;
  - de la réactivité aux questions ;
  - une facilité à développer les réponses en argumentant ;
  - la capacité à rebondir sur les questions pour maintenir une position ou la nuancer.

Grille d'évaluation indicative de l'épreuve du Grand Oral

	Qualité orale de l'épreuve Fiches 39, 40, 44, 50, 52, 53 à 58	Qualité de la prise de parole en continu Fiches 22 à 24, 29 et 30, 39 à 52
Très insuffisant	• Difficilement audible sur l'ensemble de la prestation. • Le candidat ne parvient pas à capter l'attention.	Énoncés courts, ponctués de pauses et de faux démarrages ou énoncés longs à la syntaxe mal maîtrisée.
Insuffisant	• La voix devient plus audible et intelligible au fil de l'épreuve mais demeure monocorde. • Vocabulaire limité ou approximatif.	Discours assez clair mais vocabulaire limité et énoncés schématiques.
Satisfaisant	• Quelques variations dans l'utilisation de la voix ; prise de parole affirmée. Il utilise un lexique adapté. • Le candidat parvient à susciter l'intérêt.	Discours articulé et pertinent, énoncés bien construits.
Très satisfaisant	• La voix soutient efficacement le discours. • Qualités prosodiques marquées (débit, fluidité, variations et nuances pertinentes, etc.). • Le candidat est pleinement engagé dans sa parole. Il utilise un vocabulaire riche et précis.	Discours fluide, efficace, tirant pleinement profit du temps et développant ses propositions.

→ Voir suite du tableau page 15.

	Qualité des connaissances Fiches 5 à 11, 25 à 28	Qualité de l'interaction Fiches 33 et 34, 37 et 38, 53 à 56	Qualité et construction de l'argumentation Fiches 5 et 6, 22 à 31
Très insuffisant	Connaissances imprécises, incapacité à répondre aux questions, même avec une aide et des relances.	Réponses courtes ou rares. La communication repose principalement sur l'évaluateur.	Pas de compréhension du sujet, discours non argumenté et décousu.
Insuffisant	Connaissances réelles, mais difficulté à les mobiliser en situation à l'occasion des questions du jury.	• L'entretien permet une amorce d'échange. • L'interaction reste limitée.	• Début de démonstration mais raisonnement lacunaire. • Discours insuffisamment structuré.
Satisfaisant	Connaissances précises, une capacité à les mobiliser en réponses aux questions du jury avec éventuellement quelques relances	Répond, contribue, réagit. Se reprend, reformule en s'aidant des propositions du jury.	Démonstration construite et appuyée sur des arguments précis et pertinents.
Très satisfaisant	Connaissances maîtrisées, les réponses aux questions du jury témoignent d'une capacité à mobiliser ces connaissances à bon escient et à les exposer clairement.	• S'engage dans sa parole, réagit de façon pertinente. • Prend l'initiative dans l'échange. • Exploite judicieusement les éléments fournis par la situation d'interaction.	Maîtrise des enjeux du sujet, capacité à conduire et exprimer une argumentation personnelle, bien construite et raisonnée.

FICHE 3

La préparation de l'exposé et de l'entretien durant l'année

L'exposé et l'entretien sont précédés d'un temps de préparation de vingt minutes mais il va de soi que tout se travaille en amont de l'épreuve durant l'année de Terminale, en lien avec le ou les enseignement(s) de spécialité.

1 Pour réussir l'exposé : ce qu'il faut faire durant l'année

- Le choix des deux thèmes sur lesquels vous comptez travailler
  Le plus tôt possible, en écoutant les conseils de vos professeurs et de vos proches, arrêtez le choix des deux thèmes en fonction de votre projet d'orientation. Ne fixez pas encore la formulation des questions **(voir fiches 5 et 6)**.
- Les recherches
  Seul, ou en groupe si vous partagez un thème avec des camarades, de façon méthodique et rigoureuse, rassemblez, classez, analysez les informations qui vont nourrir non seulement votre exposé mais aussi les réponses aux questions du jury **(voir fiches 7 à 11)**.
- La formulation de la question et l'organisation de l'exposé
  Les informations réunies auront peut-être modifié vos perspectives initiales ; vous éprouverez peut-être le besoin de redéfinir l'un ou l'autre de vos sujets. Prenez le temps de réfléchir à la formulation de vos questions tout en bâtissant le plan de vos deux exposés. Différents types de plans sont possibles à condition qu'ils soient cohérents et progressifs. Pour chaque sujet, le plan doit être une réponse (ou plusieurs bien entendu) à une question problématisée **(voir fiches 6, puis 22 à 26)**.
- Les arguments et les exemples
  En resserrant votre réflexion pour tenir compte du cadre des cinq minutes, sélectionnez, approfondissez vos arguments et précisez vos exemples : expérience réalisée en classe, rencontre d'un professionnel, article, livre, etc. **(voir fiches 27 et 28)**.
- L'introduction et la conclusion
  Préparez en même temps l'introduction et la conclusion de façon à ce que cette dernière réponde à la question posée au départ **(voir fiches 29 et 30)**.
- La rédaction de l'exposé
  Il ne s'agira surtout pas le jour J de réciter un discours. Mais, comme on attend de vous une maîtrise de la langue et si possible de la rhétorique, il

est préférable de rédiger au préalable vos deux exposés afin de disposer d'un support pour vos entraînements.
Soignez la correction de la langue et du lexique **(voir fiches 39 à 44)**.
Pensez à utiliser des figures de style que l'oral mettra en relief, sans toutefois en abuser **(voir fiches 45 à 52)**.

- L'entraînement
Vous devez lire à voix haute votre exposé pour en évaluer la longueur afin de l'ajuster au temps imparti. Mémorisez-le et entraînez-vous à le présenter sans pour autant donner l'impression de le réciter **(voir fiches 4, 31, 53 à 58)**.

2 Pour réussir l'entretien : ce qu'il faut faire durant l'année

- L'entretien qui prolonge l'exposé
Mettez de côté des connaissances que vous réserverez à l'entretien, de nouveaux arguments, des exemples que vous n'avez pas présentés.
Imaginez les questions que le jury peut vous poser et préparez les réponses **(voir fiches 33 et 34)**.
- L'entretien à propos des choix d'étude
Comme pour la première partie de l'entretien, imaginez les questions et préparez les réponses. Réfléchissez au lien entre vos sujets et vos perspectives d'orientation, à la façon dont vous pouvez personnaliser la présentation de vos choix d'étude **(voir fiches 37 et 38)**.
- L'entraînement **(voir fiches 4, 53 à 58)**

3 Pour bien utiliser le temps de préparation : ce qu'il faut faire durant l'année

- Réfléchissez par avance à la façon dont vous utiliserez ce moment **(voir fiches 1 et 4)**. Prévoyez la manière dont vous allez utiliser les feuilles blanches mises à votre disposition durant les vingt minutes.
- Vous avez la possibilité (ce n'est pas une obligation) de remettre au jury un support que vous aurez préparé sur une feuille qui vous sera fournie. Décidez à l'avance de ce que vous allez proposer **(voir fiche 32)**.

FICHE 4

Comment s'entraîner durant l'année

Le travail et l'entraînement sont, sans aucun doute, les deux clés du Grand Oral.

1 Les différents objectifs de l'entraînement

- **S'entraîner pour améliorer sa diction**
  En pratiquant différents exercices d'articulation et en lisant régulièrement à voix haute des textes, notamment des discours, vous améliorerez sensiblement votre diction et gagnerez en fluidité et en assurance.

> **Citation**
> « Hâtez-vous lentement, et, [sans perdre courage,
> Vingt fois sur le métier [remettez votre ouvrage :
> Polissez-le sans cesse et le [repolissez ;
> Ajoutez quelquefois, et [souvent effacez. »
> Nicolas Boileau

- **S'entraîner pour prendre confiance en soi**
  Si l'oral vous inquiète parce que vous êtes naturellement réservé(e), voire timide, et que vous ne prenez pas spontanément la parole, la meilleure solution est de multiplier les occasions de vous entraîner pour acquérir une bonne maîtrise de l'oral. Pour motiver vos efforts dites-vous :
  – le Grand Oral est affecté d'un coefficient 10 ;
  – je peux réussir cette épreuve car j'ai choisi deux questions qui m'intéressent et que je domine convenablement ;
  – je dois progresser à l'oral car c'est important non seulement pour mes futures études mais aussi pour le métier que j'aimerais exercer et pour ma vie personnelle ;
  – il est possible de progresser en étant volontaire et en s'entraînant régulièrement.

- **S'entraîner pour mettre au point l'exposé**
  C'est en lisant votre exposé à voix haute que vous verrez s'il est adapté au temps imparti (5 minutes).
  En le lisant avec le ton, vous pourrez améliorer le style. Vous remplacerez alors les phrases maladroites par des formules plus percutantes.
  C'est en reprenant sans cesse oralement vos exposés, en les lisant ou les récitant que vous parviendrez à les ajuster et les mémoriser de façon à les restituer avec spontanéité.

- S'entraîner pour acquérir les bons réflexes
Qu'il s'agisse de l'élocution, de la posture, de la gestuelle, de la présentation de l'exposé ou de la réactivité lors de l'entretien, en vous entraînant, vous découvrirez les attitudes qui sont efficaces et finirez pas les adopter automatiquement.

Attention !

Le Grand Oral n'est pas un exercice d'improvisation !

2 Les différentes façons de s'entraîner

Il est important de diversifier les exercices et de saisir toutes les occasions de pratiquer afin de développer les différentes compétences attendues.

- Saisissez toutes les occasions de prendre la parole.
  - Participez régulièrement en classe et prenez la peine de développer vos réponses de façon claire et précise.
  - Exprimez-vous également lors de réunions, à table avec vos proches, sur les sujets qui vous intéressent.
  - Efforcez-vous de sortir de votre zone dite « de confort », c'est-à-dire de l'attitude dans laquelle vous vous sentez en sécurité. Vous ne risquez rien à vous manifester davantage !
- Pratiquez la lecture à voix haute après avoir écouté des discours. Écoutez les orateurs enregistrés sur le site de l'INA (ina.fr) ou bien les scientifiques du Collège de France (college-de-france.fr).
- Parlez devant votre miroir pour corriger vos gestes et apprivoiser votre image.

Ressources

Le site brightness.fr/les-meilleurs-discours-des-plus-grands-orateurs réunit des discours (textes ou vidéos) variés qui pourront vous inspirer.

- Enregistrez-vous, filmez-vous à plusieurs reprises pour traquer les tics de langage, les maladresses, les gestes gauches, les postures peu assurées... Comparez les enregistrements et vous verrez que vous avez progressé.
- Récitez vos exposés sous la douche ou dans le bus, avec ou sans crayon dans la bouche, tout bas ou très fort...
- Multipliez les occasions de présenter vos exposés. Vous les présenterez à vos professeurs mais demandez aussi à vos proches de vous écouter cinq minutes et de vous donner leur avis.
- Travaillez régulièrement en groupe et, à tour de rôle, jouez un des professeurs ou le candidat.

CHOISIR SES SUJETS ET SE DOCUMENTER

FICHE 5

Choisir ses deux sujets

À la différence des autres épreuves du baccalauréat, le Grand Oral vous offre la possibilité de choisir vous-même vos sujets.
Pour être convaincant et réussir cet oral, il est donc essentiel de saisir cette chance et de choisir des thèmes qui vous intéressent et vous stimulent.

1 La recherche des deux sujets : ne pas attendre

- L'oral de Terminale ne se déroulant qu'après les épreuves écrites du printemps, vous serez sans doute tenté(e) de repousser le choix de vos sujets. Il est pourtant préférable de rechercher vos thèmes dès le début de l'année et d'arrêter assez tôt (mais avec discernement !) vos questions.
- Vous disposerez ainsi de temps pour effectuer les recherches nécessaires, préparer et composer votre exposé, vous entraîner efficacement.

2 Les critères de choix

- Chacun de vos sujets devra se rattacher à l'une de vos deux spécialités de Terminale ou bien aux deux, de manière transversale.
- Deux possibilités s'offrent donc à vous :
  - vous choisissez deux sujets bien distincts, chacun d'eux se rapportant à une des spécialités retenues ;
  - ou bien vous choisissez deux sujets voisins car vous avez un projet personnel d'études déjà bien défini et vous préférez approfondir deux perspectives complémentaires. En ce cas, vos sujets doivent croiser les deux spécialités de façon à ce qu'aucune d'elles ne soit négligée.
- Quoi qu'il en soit, chacun des sujets que vous choisirez prend en compte les deux critères suivants :
  - éclairer un des enjeux des programmes de Terminale ;
  - s'inscrire dans une réflexion liée à votre projet d'orientation puisque, durant la seconde partie de l'entretien, vous serez amené(e) à justifier le choix de votre sujet dans le cadre de ce projet.

3 La démarche

- Commencez par choisir les domaines dans lesquels vos sujets vont s'inscrire :
  – Quel aspect de chaque spécialité vous intéresse le plus ?
  – Quelles études envisagez-vous de poursuivre après le bac ?
  – Quel métier pensez-vous exercer ?
- Vous devrez vous montrer convaincant(e). Pour éveiller la curiosité de votre jury, votre sujet doit commencer par vous intéresser vous-même.
  – Quels sont vos centres d'intérêt ?
  – Quels sont vos loisirs ? Dans quelle mesure croisent-ils les spécialités que vous avez choisies ?
  – À quelles causes, à quels engagements êtes-vous sensible ?

> **Exemple**
> Vous suivez la spécialité Mathématiques et vous consacrez une partie de vos loisirs au dessin sur ordinateur. Pourquoi ne pas choisir un sujet qui croise ces deux domaines ?

- Consultez sur Internet les sujets de TPE qui ont été choisis les années passées par les lycéens. Vous découvrirez la variété des thèmes abordés et cela pourra vous donner des idées.
- Vous pouvez aussi partager vos centres d'intérêt avec vos camarades de façon à effectuer ensuite des recherches en commun. Mais soyez prudent(e) : ce travail en équipe ne doit pas conduire à un exposé partagé car le jury valorise une réflexion personnelle.
- Demandez conseil à vos professeurs, à vos amis, à votre famille. Soumettez-leur vos idées et écoutez leurs propositions.
- Vous pourrez affiner au fil des semaines et en fonction de vos recherches vos problématiques et la formulation de vos questions mais pour éviter tout stress inutile, ne revenez pas sur les thèmes choisis au départ.

ENTRAÎNEMENT

1 Choisissez trois domaines qui vous intéressent et dégagez les liens possibles avec vos spécialités de Terminale.

Suggestions : cinéma, médias, archéologie, éducation, neurosciences, écologie, architecture, innovations technologiques, régimes politiques, transports, voyages, civilisations anciennes, génétique, théâtre, jazz, laïcité, mode, urbanisme, construction européenne, solidarité, protection des animaux, design….

2 En deux minutes, présentez deux ou trois sujets possibles à vos amis ou à votre famille.

Cherchez à les convaincre de l'intérêt de votre thème. Si vous avez du mal à défendre votre sujet, c'est sans doute qu'il ne vous convient pas vraiment.

FICHE 6

Formuler les deux questions

Une fois que vous avez déterminé le thème sur lequel vous comptez travailler, il vous faut énoncer votre sujet sous la forme d'une question. Votre exposé doit en effet être une réponse argumentée à une question qui vous concerne puisque vous montrerez durant l'entretien qu'elle est liée à votre choix d'études. Il est donc essentiel de bien formuler le problème au départ.

1 Les types de question

- Vous pouvez proposer une interrogation totale qui vous permettra de bâtir un plan dialectique **(voir fiche 23)** et d'adopter différents points de vue durant votre exposé.

  Ex. : Les recherches sur l'embryon sont-elles l'avenir de la médecine ?

- Vous pouvez aussi choisir un mot interrogatif et proposer une interrogation partielle : *en quoi, dans quelle mesure…*

  Ex. : Dans quelle mesure devons-nous investir dans la recherche spatiale ?

> **Rappel**
>
> Une interrogation **totale** admet deux réponses possibles (oui/non) alors qu'une interrogation **partielle**, introduite par un mot interrogatif (*pourquoi, comment, de quelle manière, qui…*), peut avoir de nombreuses réponses.

2 Deux questions qui vous concernent

- Durant l'entretien vous devrez expliquer en quoi la question vous intéresse et justifier son choix en fonction de votre projet d'orientation. Le problème que vous soulevez doit donc vous concerner personnellement : une curiosité intellectuelle, une vocation professionnelle, un engagement citoyen…

> **Problème et problématique**
>
> Faites la distinction entre le **problème** que soulève votre sujet et la **problématique**. Le mot *problématique* désigne l'art de poser un problème, de le situer dans un contexte, de le rattacher à ce qui nous touche.

- Pour formuler vos sujets, inscrivez-les dans une problématique en lien avec le monde d'aujourd'hui et la place que vous pensez y occuper. Pour cela, interrogez-vous sur les liens entre chacun de vos sujets et les grandes interrogations du XXIe siècle. Vous pouvez explorer les pistes suivantes :
  – Quel événement contemporain ou récent a un lien avec le domaine qui vous intéresse ?

– En quoi le sujet que vous avez retenu peut-il éclairer votre mode de vie, vos réflexions, votre avenir, vos engagements ?

Ex. : La question « Comment fonctionne un panneau photovoltaïque ? » ne convient pas. Sur ce thème, préférez : « Quel avenir pour les panneaux photovoltaïques ? ». Cette question vous donnera l'occasion d'expliquer le fonctionnement et les évolutions techniques de ces panneaux tout en les reliant à votre engagement en faveur des énergies renouvelables.

3 Une question en accord avec le plan choisi

- Comme votre plan proposera une réponse à la question que vous aurez posée, réfléchissez à la progression de votre exposé **(voir fiches 22 à 26)** pour formuler de façon pertinente votre question.
- Évitez les questions qui, appelant une démarche trop descriptive, ne vous permettront pas de bâtir une progression dynamique.

4 Une question qui facilite l'entretien

- Privilégiez les questions larges offrant des perspectives que l'entretien pourra approfondir. Mais ne soyez pas trop ambitieux car vous ne disposez que de cinq minutes pour l'exposé.
- Écartez les formulations trop audacieuses ; elles risqueraient de vous mettre en danger lors de l'échange avec le jury.

Conseils

N'hésitez pas à consulter vos professeurs ou des spécialistes du thème choisi.
Attendez d'avoir effectué vos recherches et bâti les grandes lignes de votre plan pour fixer définitivement la formulation de votre question.

ENTRAÎNEMENT

1 Parmi les qualités suivantes, cochez celles qui caractérisent votre formulation. Examinez celles qui manquent pour améliorer la rédaction de votre interrogation.

– Un lien avec le métier que vous aimeriez exercer. ☐
– Une question ouverte (plusieurs pistes de réponses). ☐
– Une formulation grammaticalement correcte. ☐
– Un vocabulaire clair et exact. ☐
– Des termes percutants sans être trop racoleurs. ☐
– Une question qui appelle un plan que vous pourrez adopter. ☐

2 Réunissez-vous à plusieurs et examinez ensemble vos questions. Proposez plusieurs formulations si vous hésitez et réfléchissez à celles qui vous semblent les plus intéressantes et percutantes.

FICHE 7 Adopter la démarche du chercheur

Pour traiter les sujets que vous avez choisis, vous devez réunir et synthétiser des connaissances avant d'organiser votre réflexion et de finaliser vos exposés. Si vous êtes maître des sujets, vous l'êtes aussi de la démarche que vous allez adopter pour les traiter.

1 Les personnes qui peuvent vous aider

- Si vous avez eu l'occasion au cours de votre scolarité d'effectuer des recherches pour traiter un thème donné, vous n'avez pas encore effectué un travail aussi abouti que celui attendu en Terminale. Acceptez d'être un chercheur néophyte et demandez des conseils :
  – aux professeurs de spécialités ;
  – au(x) documentaliste(s) ;
  – à des étudiants de votre entourage ;
  – à des professionnels que vous pourriez rencontrer.
- L'oral est individuel mais n'interdit pas un travail collectif en amont. Partagez un thème avec des camarades et mettez en commun le fruit de vos recherches. Vos échanges seront bénéfiques.
- N'attendez pas la fin de votre travail pour demander conseil mais écoutez bien les avis qui vous sont donnés au fil de vos recherches et de votre réflexion. Ne craignez pas de vous remettre en question.

2 L'état d'esprit du chercheur

- Le chercheur est tenace : il ne baisse pas les bras devant le premier obstacle.
- Le chercheur est rigoureux et précis : il ne se contente pas de connaissances approximatives, vérifie les chiffres qu'il avance, croise ses informations. Il refuse les zones d'ombre et s'applique à comprendre ce qui a trait à son sujet.
- Le chercheur est méthodique et organisé.
- Le chercheur est sans idée préconçue.

Un journal de bord

Sur un fichier ou sur un carnet, tenez le journal de bord de vos recherches en notant la date, le lieu, les spécialistes que vous avez pu rencontrer, les documents ou sites que vous avez consultés, les conclusions que vous en avez tirées, les perspectives que vous comptez explorer ensuite. Vous pourrez également noter les avis de vos professeurs, vos séances d'entraînement à l'oral, tout ce qui, au fil des semaines, a trait à cette épreuve. Relisez régulièrement ce journal.

- Le chercheur reconnaît ses erreurs. C'est ce que vous ferez dans l'entretien si un professeur vous montre que vous vous êtes trompé(e).
- En général, le chercheur est heureux de progresser dans la maîtrise des connaissances et dans la problématisation de son sujet.

3 La démarche du chercheur

- Le chercheur commence par consulter les spécialistes et réunir la documentation la plus large concernant le sujet sur lequel il travaille. Il sait que d'autres que lui se sont penchés sur cette question et qu'il doit d'abord confronter les analyses existantes.
- Le chercheur bâtit sa propre réflexion à partir des connaissances rassemblées.
- Le chercheur travaille sur la durée et prend en compte le temps dont il dispose. Un travail à la dernière minute n'est pas envisageable.
- Le chercheur peut être amené à revenir sur la question qu'il a formulée au départ. Les recherches peuvent le conduire à modifier son sujet. Pour cette raison, il est préférable de ne pas arrêter définitivement la formulation de vos questions avant d'avoir terminé l'analyse des informations réunies et la composition de l'exposé.

Citation

Vous savez ce que c'est que la recherche : on part sur une question et on trouve en cours de route des faits qui vous en posent une autre.

Philippe Meyer,
Les Progrès du progrès.

4 Les limites de vos recherches

- Dans le cadre du baccalauréat, on attend de vous un exposé approfondi et fiable mais le jury sait que vous n'êtes pas (ou pas encore du moins) un grand spécialiste de la question : le niveau visé n'est pas celui du doctorat !
- Prospectez dans toutes les directions mais ne vous acharnez pas sur des articles qui ne seraient pas à votre portée.
- Ne vous dispersez pas dans une documentation trop abondante et synthétisez vos recherches sans perdre de vue le cadre limité de votre oral.

FICHE 8

Réunir les connaissances nécessaires

L'exposé que vous devez présenter ainsi que les réponses aux questions qui vous seront posées nécessitent une connaissance solide du sujet que vous avez choisi. La maîtrise de la langue et l'aisance à l'oral ne seront des atouts qu'à condition que vous dominiez au préalable le thème retenu. Il est donc nécessaire de vous appuyer sur une documentation sérieuse avant de bâtir votre plan.

1 La diversité des sources d'information

Pour approfondir votre réflexion, tournez-vous vers des sources d'information variées.

- Le CDI de votre lycée : interrogez le (la) documentaliste et vos professeurs. Certains établissements sont abonnés à des revues qui peuvent vous intéresser.
- La bibliothèque/médiathèque de votre ville possède aussi des ouvrages susceptibles de concerner votre sujet. Vous pourrez également consulter des revues et les bibliothécaires qui y travaillent sauront vous guider.
- Pour un travail historique, rendez-vous aux archives municipales ou départementales. Certains documents sont accessibles sur Internet en allant sur le site des archives concernées.
- Consultez les bibliographies qui accompagnent les articles, les ouvrages ou les sites que vous découvrez : elles vous proposent d'autres pistes.
- Certaines émissions de radio ou de télévision peuvent vous aider à cerner votre sujet : documentaires, interviews... Le plus souvent elles sont accessibles en différé (podcasts ou replay). Pensez aussi aux MOOC qui sont de véritables cours en ligne. Nombre d'entre eux sont gratuits.
- Si vous avez l'occasion de rencontrer un spécialiste, au sein d'une entreprise ou d'un cabinet d'experts par exemple, demandez-lui de la documentation : brochures,

> **Ressources**
>
> Le site podcastfrance.fr propose une classification thématique des podcasts publiés en France.
> Le site my-mooc.com/fr/ répertorie les MOOC (Massive Open Online Courses) et vous pourrez y trouver des cours en ligne qui concernent votre sujet.

> **Conseil**
>
> Lors d'un entretien avec un spécialiste, prenez des notes ou demandez à votre interlocuteur s'il accepte d'être enregistré. À l'issue de l'entretien, faites un petit compte rendu dans lequel vous écrirez vos impressions et réactions pour ne pas les oublier.

conférences lors d'un colloque, comptes rendus d'expérience… Interrogez-le sur son métier : faire référence à cet échange sera apprécié lors de l'entretien notamment s'il vous a aidé à définir votre parcours d'étude.

- Bien sûr, Internet **(voir fiche 9)** est une source d'information très riche à condition de bien savoir s'en servir. Dans certains cas, vous serez plus efficace en prenant des notes dans un livre, ce dernier étant le fruit d'un travail abouti, vérifié et validé par un éditeur, ce qui n'est pas toujours le cas sur Internet. Renseignez-vous à ce sujet auprès de votre documentaliste.

2 La diversité des types de documents

- Vous privilégierez les documents spécialisés, éventuellement techniques, en lien direct avec votre sujet : sites officiels, articles et livres, documents professionnels…
- Rappelez-vous que vous devrez susciter la curiosité de votre auditoire et toucher un jury qui ne sera pas nécessairement sensible au thème que vous avez choisi. Pour cette raison, parcourez un champ culturel large en quête de documents (films, romans, tableaux…) capables d'accrocher l'attention d'un non-spécialiste.

Ex. : Pour un sujet concernant la façon dont les sociétés prennent en charge la vieillesse et la dépendance liée au grand âge, vous pouvez vous intéresser aux romans *Les Gratitudes* de Delphine de Vigan, *La formule préférée du professeur* de Yôko Ogawa, ou encore *Samedi* de Ian McEwan. Pensez aussi à *Gran Torino* (2008), le film de et avec Clint Eastwood. Et pourquoi ne pas évoquer également la célèbre scène dans laquelle Énée (Virgile, *Énéide*) fuit Troie en flammes en portant son père Anchise sur ses épaules ? La fresque *L'Incendie de Borgo* peinte par Raphaël et ses disciples représente ce moment de l'épopée. On y voit Énée portant Anchise et accompagné du jeune Ascagne.

FICHE 9 Effectuer des recherches sur Internet

Pour effectuer vos recherches, votre premier réflexe sera sans doute de consulter Internet. Certaines précautions s'imposent si vous voulez être efficace.

1 Le travail préalable

- Avant de vous précipiter sur le clavier, examinez votre sujet et préparez votre recherche. Certaines informations ne sont-elles pas accessibles dans les revues ou les ouvrages que le CDI met à votre disposition ? Vous gagnerez du temps en consultant des synthèses déjà effectuées.
- Vous devez définir les mots-clés que vous allez entrer dans le moteur de recherche. Partez de votre sujet et notez sur une feuille ou un fichier les termes sur lesquels va porter votre enquête. Notez également leurs synonymes car en modifiant la saisie de la recherche, d'autres sites vous seront proposés.

2 L'utilisation du moteur de recherche

Entrez deux ou trois mots-clés en privilégiant les noms. Il est inutile d'entrer les déterminants qui accompagnent les noms.

Pour que tous les mots entrés apparaissent dans les résultats. Plus vous entrerez de mots, plus le moteur filtrera les résultats pour ne vous présenter que les sites proposant tous les termes, et moins vous aurez de résultats.	Écrire **+** ou bien **AND** entre les termes mais le plus souvent, il suffit de laisser un intervalle. *Ex. :* ***Balzac Flaubert Zola*** : vous accéderez aux sites où le nom des trois auteurs est mentionné.
Pour que l'un ou l'autre des termes apparaisse dans les résultats. Plus vous entrerez de mots séparés par OR, plus le moteur vous présentera de résultats : tous les sites proposant au moins un des termes.	Écrire **OR** entre les deux termes. *Ex. :* ***Balzac OR Flaubert OR Zola*** : vous accéderez aux sites où figure au moins un de ces auteurs.
Pour réduire votre recherche, il existe plusieurs solutions selon le moteur de recherche utilisé.	Lancer la recherche avec le terme que vous voulez voir apparaître puis dans les paramètres (recherche avancée), indiquez le mot que vous ne voulez pas voir dans les résultats. *Ex. :* ***Naturalisme*** puis ***Zola*** supprimé dans la recherche avancée : vous accéderez aux sites qui abordent le naturalisme sans parler de Zola.

Pour définir une période chronologique.	Placer le signe : entre les deux dates qui délimitent la période. *Ex. : Mode 1900 : 1920*
Pour qu'une citation ou une expression apparaisse intégralement.	La saisir entre guillemets. *Ex. :* « Notre maison brûle. » *(Jacques Chirac)*

3 Les précautions à prendre

- Évitez les premiers sites répertoriés souvent en tête de la liste pour des raisons publicitaires, ce qui est signalé. Ne vous contentez pas de la première page.
- Examinez l'adresse du site pour vous assurer de sa fiabilité **(voir fiche 10)**.
- Tenez compte de la date des articles publiés : les chiffres donnés et les situations évoquées ne sont peut-être plus d'actualité.

Citation

« Quiconque a essayé un jour d'entrer dans Internet sait qu'il ne faudrait pas parler d'"autoroutes" de l'information mais plutôt de labyrinthes. »

Jacques Attali

4 Sauvegarder vos recherches

- Pour accéder à tout moment aux informations que vous avez rassemblées, pensez à les sauvegarder.
- Enregistrez le site dans vos « Favoris » ; pour le retrouver aisément, modifiez son nom sur la barre d'enregistrement en choisissant des mots représentatifs du contenu.
- Vous pouvez imprimer les documents quand ils vous semblent essentiels et que vous pensez en faire un aide-mémoire ou une ligne directrice.

Attention !

Quand vous copiez ou imprimez, pensez à noter l'adresse du site afin de pouvoir vérifier et citer vos sources. Dressez dans un répertoire (carnet ou fichier) la liste et les références des documents que vous réunissez.

- Pour plus de sécurité et de simplicité, enregistrez les pages Internet dans un autre format sur votre ordinateur. Cette solution vous permet de disposer des informations hors connexion ou en cas de fermeture du site. Il vous sera surtout possible d'annoter les documents, c'est-à-dire de les surligner ou ajouter en marge des commentaires.

Enregistrer la page en PDF.	• Avec un PC, cliquer sur « imprimer » puis, pour « destination », demander « enregistrer au format PDF ». • Avec un Mac, aller dans le menu déroulant « Fichier », puis choisissez « Exporter au format PDF ».
Copier et coller les pages dans un fichier de traitement de texte.	Vous pouvez ensuite modifier la présentation afin de faciliter l'accès aux informations qui vous concernent.

FICHE 10

Bien utiliser les sources d'information

Rassembler des documents est une étape indispensable qui mérite toute votre rigueur car la fiabilité de votre travail en dépend. Ne perdez pas de vue que, dans l'intérêt de tous, l'utilisation des sources obéit à des règles strictes.

1 La fiabilité des sources

- Certains livres, certains articles et surtout certains sites, ne constituent pas des sources fiables et vous devez être prudent. Par négligence ou malveillance, des données erronées, des faits inexacts apparaissent dans certains documents. Vous devez vous assurer de la fiabilité des informations recueillies.

Wikipédia

Les articles de l'encyclopédie Wikipédia sont très pratiques au début de votre recherche mais pensez à vérifier les informations contenues en consultant les notes et les sites référencés à la fin de la page. Les auteurs sérieux citent leurs sources.

- Lorsque vous effectuez des recherches sur Internet, croisez les sources. Entrez dans votre moteur de recherche l'information relevée sur un site et assurez-vous qu'elle apparaît sur d'autres sites fiables. Lorsqu'il s'agit d'une citation, vérifiez son exactitude en l'entrant entre guillemets et examinez alors en priorité les sites qui affichent des livres (Gallica, Google books).
- Sur Internet, consultez les sites d'organismes officiels, les articles universitaires. Quand les syllabes « ac- », « gouv », « édu », « cndp » figurent dans l'adresse d'un site, il est en général sérieux. Consultez les sites des journaux, revues, chaînes de télévision reconnus.
- Méfiez-vous des blogs et des sites personnels.
- Effectuez des recherches sur l'organisme qui a publié le document. Une industrie – un laboratoire pharmaceutique par exemple – risque de vous proposer une analyse intéressante mais peut-être orientée.
- Qu'il s'agisse d'un livre, d'un article ou d'un site, prenez en compte la date de publication.
- Interrogez vos professeurs ou des spécialistes.

Évaluer la fiabilité d'un site

Utilisez les sites qui vous aideront à détecter les fausses informations. Nous vous suggérons, celui du journal *Le Monde*, le Décodex (www.lemonde.fr/verification/) : en entrant l'adresse d'une page Web, vous pouvez être informé de sa fiabilité.

2 L'utilisation des documents : le plagiat à proscrire

- Consulter des documents et s'en nourrir ne veut pas dire les recopier (le « copier-coller »), c'est-à-dire tout simplement les voler. Le plagiat, qui désigne le fait de s'approprier le travail de quelqu'un d'autre, est une infraction punie par la loi.
- De plus le plagiat, s'il peut vous sembler pratique et discret, est en réalité contre-productif car vous ne pourrez à l'oral défendre une analyse qui n'est pas la vôtre. Cette attitude malhonnête ne manquera pas de vous mettre en difficulté durant l'entretien.

3 La précision des références

- Lorsque vous vous appuyez sur un article ou sur un ouvrage ou bien lorsque vous proposez une citation, donnez les références avec précision. Vous pouvez vous contenter de donner le nom de l'auteur dans votre exposé pour ne pas l'alourdir. Mais tenez-vous prêt à apporter des précisions lors de l'échange.
- Quand vous répondrez aux questions que l'on vous pose, donnez des références précises. Votre jury saura apprécier le sérieux de votre travail et votre rigueur intellectuelle.

4 La sélection des informations : l'exposé et l'entretien

L'exposé ne dure que cinq minutes et vous devez être à la fois synthétique (les grandes perspectives qui répondent à la question) et précis(e) (les exemples, les chiffres…). Pour cette raison, distinguez dans les informations que vous avez réunies, d'une part celles qui vont nourrir votre réflexion durant l'exposé et illustrer vos arguments et d'autre part celles qui enrichiront et étaieront vos réponses durant l'entretien.

ENTRAÎNEMENT

Préparez une fiche pour un article qui concerne votre sujet en complétant le tableau.

Titre de la revue, du site…	....
Titre de l'article	....
Auteur : nom et qualifications	....
Date de publication	....
Idée directrice	....
Perspectives utiles pour mon sujet (avec citations ou numéros de lignes)	....

FICHE 11 Classer et exploiter les informations

Les documents que vous avez rassemblés vont nourrir votre analyse et vous permettre de bâtir un plan cohérent. Vous y puiserez des arguments et des exemples. Vous devez d'une part assimiler les connaissances rassemblées et vous les approprier afin d'élaborer votre réflexion et d'autre part citer vos sources pour garantir vos propos.

1 La classification des documents

- Lorsque vous trouvez un document intéressant, pensez à le répertorier tout de suite en relevant de façon exacte ses références et en notant en quelques phrases en quoi il éclaire votre analyse. Prévoyez une feuille ou un fichier spécifique sur lequel vous récapitulerez ces documents intéressants : vous gagnerez ainsi beaucoup de temps.
- En notant précisément les références du document, vous pourrez par la suite le citer dans votre exposé ou en réponse à une question. Pensez, de plus, à indiquer dans le répertoire que vous avez constitué l'endroit où vous pouvez retrouver ce document quand vous en aurez besoin : s'agit-il d'un fichier dans votre ordinateur, d'un article glissé dans une chemise, d'un ouvrage ou d'une revue consultable au CDI ou dans telle autre bibliothèque ?
- Tenez à jour avec rigueur la liste des documents ou sites consultés sans exclure les pages qui vous sembleraient marginales au départ mais qui pourraient s'avérer éclairantes quand vous aurez avancé dans vos recherches.
- Qu'il s'agisse de feuilles ou de fichiers, les documents doivent être classés de façon thématique. Prévoyez des dossiers et des sous-dossiers dans votre ordinateur, des chemises cartonnées et des chemises intercalaires pour une classification papier. Tenez à jour un sommaire de vos différents dossiers. Si un document vous semble relever de deux domaines, vous pouvez le dupliquer pour le ranger aux deux endroits.

2 L'utilisation des documents

- Ne vous contentez pas d'accumuler des articles et des fichiers. Lisez-les attentivement, surligneur (feutre ou souris bien sûr) en main. Cernez l'idée générale du document et la place qu'il va occuper dans votre analyse : dans quelle partie de l'exposé ou bien à quel sujet durant l'entretien ? En quoi éclaire-t-il votre problématique ou bien en quoi vous amène-t-il à l'infléchir dans une nouvelle direction ?

- Vous devez vous approprier les connaissances. Pour cela, elles doivent avoir été bien comprises. Cherchez dans un dictionnaire le sens exact des mots que vous ne connaissez pas ; consultez si besoin un professeur qui pourra vous éclairer. Et si un article continue de vous résister, il est préférable de le laisser de côté et d'aborder des documents plus accessibles.

Attention !

Ne présentez jamais au jury des arguments qui vous échappent en imaginant que vos examinateurs vont les comprendre et penser que vous les dominez aussi. Les dix minutes de l'entretien suffiront à démasquer cette démarche maladroite.

- Notez sur une page les réflexions que le document vous inspire, la façon dont vous pensez l'utiliser. C'est à partir de vos lectures et de ces annotations que votre réflexion s'élaborera et pourra s'organiser.
- Soyez précis(e) en annotant : indiquez les numéros des lignes intéressantes et, si vous surlignez avec plusieurs couleurs, pensez à préciser à quoi elles correspondent. En procédant de cette manière au fil de vos lectures, vous gagnerez un temps précieux car il vous sera plus facile ensuite de synthétiser vos recherches et de retrouver les appuis que vous avez repérés.
- Confrontez des points de vue différents pour affiner ou orienter/réorienter votre propre réflexion.
- Représentez-vous clairement ce qu'impliquent les informations, les images que vous avez trouvées. Pour toucher votre jury, vous devrez donner relief et vie à votre propos.

Citation

« Il n'y a plus de choses dans l'univers d'Internet, il n'y a plus que des informations et des images. »

Alain Finkielkraut

ENTRAÎNEMENT

À partir de trois documents que vous avez trouvés, dressez une liste, non organisée encore, des idées, arguments ou exemples que vous pensez reprendre dans votre exposé ou durant l'entretien.

TROUVER UNE QUESTION D'ORAL SELON SES ENSEIGNEMENTS DE SPÉCIALITÉ

FICHE 12

Le Grand Oral des spécialités scientifiques : Maths, Physique-Chimie et SVT

Une « bonne question » de Grand Oral dans les spécialités scientifiques doit vous permettre de mettre en avant vos capacités d'argumentation scientifique.

1 Le choix et l'élaboration de vos deux questions

- Chaque question peut ne concerner qu'un seul de vos enseignements de spécialité ou être transversale et associer vos deux enseignements de spécialité.
- Vos questions doivent être en lien avec les programmes de Première et/ou de Terminale de votre spécialité. Elles peuvent prendre appui sur des points du programme exclus de l'épreuve écrite.

Attention !

Vous pouvez vous inspirer de sujets de bac comme ressources pour traiter votre question mais ne transformez pas votre oral en une correction d'exercice !

- Le point de départ de votre réflexion pour élaborer vos questions peut être varié : un élément du programme en lien direct avec votre projet de poursuite d'études ; un point de l'histoire des sciences ; une question à forts enjeux sociétaux ; un lien avec votre autre spécialité…
- À partir d'une thématique large, vous précisez votre question en élaborant une approche problématisée et en construisant votre développement et votre réponse.

Attention !

Veillez à construire une question à laquelle vous pouvez apporter une réponse complète dans le temps de l'épreuve.

2 Les attendus du Grand Oral dans les spécialités scientifiques

- Au-delà d'une formulation pertinente de votre question, on attend de vous un traitement s'appuyant sur une articulation logique d'arguments scientifiques solides et émanant de sources vérifiées.
- Vous devez recourir à un lexique disciplinaire rigoureux sans oublier

Attention !

Si vous choisissez de traiter une question propice aux controverses, il vous sera possible d'exprimer votre opinion personnelle lors de l'épreuve. Cependant, n'oubliez pas que l'on attend d'abord de vous l'expression d'une démarche scientifique. Il est alors indispensable que vous distinguiez explicitement les faits avérés de votre opinion personnelle.

que l'un des deux membres du jury peut ne pas être un familier du savoir scientifique. Cela signifie que vous devez être capable d'expliquer tous les termes scientifiques que vous utiliserez. Ainsi, vous développerez dans le même temps un discours de spécialiste et de vulgarisateur.

- Votre exposé s'apparente à une communication identique à celles que mènent les scientifiques lors de leurs exposés oraux. Ainsi, votre développement et votre réponse à la question doivent inclure des éléments caractéristiques des disciplines scientifiques : dimension expérimentale avec restitution de données authentiques (manipulations que vous aurez réalisées ou résultats expérimentaux publiés), modélisation, programmation et ouverture sur le monde scientifique, économique et industriel.

3 L'usage des notes durant l'épreuve

- Lors de la première partie de l'épreuve (exposé de 5 minutes), vous pouvez disposer des notes que vous aurez prises pendant votre temps de préparation.
- Lors de la deuxième partie de l'épreuve (échange avec le jury sur votre exposé), vous pourrez recourir à un support (feuille, tableau) pour illustrer ou expliciter vos propos ou développer une démonstration.

FICHE 13 Maths : Exemples et question corrigée

Le choix des questions du Grand Oral doit s'appuyer sur les notions du programme du cycle terminal (classes de Première et de Terminale) mais il n'exclut pas de traiter des notions abordées en mathématiques expertes ou de s'ouvrir à des notions post-bac. Ainsi, vous pouvez choisir des sujets en lien avec le programme de mathématiques, avec des paradoxes célèbres ou bien avec votre autre spécialité.

1 Questions en lien avec le programme de Maths

- Existe-t-il des asymptotes qui ne soient ni horizontales ni verticales ?
- Quel est le lien entre le nombre d'or et la suite de Fibonacci ?
- Existe-t-il des surfaces infinies au volume fini ?
- Comment peut-on calculer une valeur approchée du nombre π ?

2 Questions en lien avec des paradoxes mathématiques

- Pourquoi Achille va-t-il finalement rattraper la tortue ?
- Quel est le paradoxe de Monty Hall ?
- L'ensemble des nombres entiers est-il vraiment plus grand que l'ensemble des nombres entiers pairs ?
- Peut-on comparer des infinis ?

3 Questions en lien avec les Maths et votre deuxième spécialité

- **SVT –** Pourquoi l'échelle de Richter est-elle logarithmique ?
- **Physique-Chimie –** Comment dater une momie ? / Si on lance une tasse de thé bouillant du haut de la tour Eiffel, quelle est la température du liquide quand elle s'écrase au sol ? → Voir corrigé page suivante
- **HGGSP –** Comment la machine Enigma a-t-elle pu abréger la Seconde Guerre mondiale ?
- **SES –** Comment la convexité permet-elle de déterminer le profit maximal d'une entreprise ?

Si on lance une tasse de thé bouillant du haut de la tour Eiffel, quelle est la température du liquide quand elle s'écrase au sol ?

PREMIÈRE PARTIE Mon exposé 5 min

Introduction : les raisons de mon choix 1 min

J'ai toujours bien aimé la tour Eiffel et je me suis demandé(e) combien de temps durerait la chute d'un objet depuis son 3ᵉ étage. Par ailleurs, en Maths, nous avons travaillé un exercice intéressant sur la baisse de la température de l'eau. Ainsi, j'ai associé ces deux questions en une qui me permettait en outre de traiter mes deux spécialités : physique et mathématiques.

Mon développement 3 min

- On va d'abord s'intéresser au temps de chute de la tasse.

Pour cela, on utilise la deuxième loi de Newton : $\sum_i \vec{F_i} = m\vec{a}$ où F_i représente les forces qui s'exercent sur la tasse, m la masse de la tasse et $\vec{a}$ le vecteur accélération.
Seul le poids $\vec{P} = m\vec{g}$ s'exerce sur la tasse,
d'où : $\vec{g} = \vec{a}$ où g = 9,8 m/s² est l'intensité de la pesanteur.
Puis on intègre deux fois cette expression car l'accélération est la dérivée de la vitesse v qui est elle-même la dérivée de la hauteur z, et on trouve :
$z(t) = 276 - \frac{1}{2}gt^2$ où t est le temps écoulé depuis le début de la chute.
On résout $z(t) = 0 \Leftrightarrow t \approx 7{,}5$ s. La tasse s'écrase au bout de 7,5 secondes.

- Puis on étudie l'évolution de la température de la tasse.

On la modélise selon la loi de refroidissement de Newton qui se présente sous la forme d'une équation différentielle du premier ordre :
$T'(t) = -r(T(t) - T_{ext})$ avec $r = 3 \times 10^{-3}\ s^{-1}$; T_{ext} = 20 °C et $T(0)$ = 80 °C.
On obtient $T(t) = 60e^{-0{,}003t} + 20$.

Conclusion : ma réponse à la question 1 min

On calcule $T(7{,}5) \approx 78{,}7$ °C.
La température du liquide au moment où la tasse s'écrase est de 78,7 °C.

DEUXIÈME PARTIE Échange avec le jury sur votre exposé 10 min

Questions possibles du jury

- Le poids est-il vraiment la seule force qui s'exerce sur la tasse ?
- À quelle vitesse la tasse s'écrase-t-elle au sol ?
- Comment trouve-t-on $z(t) = 276 - \frac{1}{2}gt^2$?
- Qu'est-ce qu'une équation différentielle ?
- Pouvez-vous détailler la résolution de l'équation différentielle ?
- Comment avez-vous trouvé la valeur du coefficient r ?

TROISIÈME PARTIE Échange avec le jury sur votre orientation 5 min

Questions possibles du jury

- Quelle poursuite d'études envisagez-vous ?
- Pourquoi souhaitez-vous vous engager dans ces études ?
- En quoi la question traitée vous a-t-elle conforté(e) dans votre projet de formation post-bac ?

FICHE 14

Physique-Chimie : Exemples et question corrigée

Le choix des questions du Grand Oral doit prendre appui sur les notions abordées au cours du cycle terminal, mais il n'exclut pas de s'ouvrir à des sujets proches de vos centres d'intérêt et/ou de votre projet post-bac. Ainsi vous pouvez choisir des questions en lien avec l'actualité scientifique ou sociétale ou bien associer à la Physique-Chimie votre autre spécialité conservée en Terminale.

1 Questions en lien avec le programme de Physique-Chimie

- Comment placer en orbite un satellite géostationnaire en utilisant le moins d'énergie ?
- Comment vérifier la qualité d'une huile d'olive ?
- Comment placer une sonde en orbite circulaire autour de Mars ?
- Comment séparer des acides aminés ? *[notions-clés : électrophorèse, solution tampon, diagramme de prédominance]*
- Comment l'effet Doppler-Fizeau a-t-il permis de comprendre la nature des anneaux de Saturne ?
- Comment le son permet-il d'analyser le corps humain ? *[notions-clés : réflexion, effet Doppler, interférences, diffraction]*

2 Questions en lien avec l'actualité scientifique ou sociétale

- Comment sauver le corail de l'acidification des océans ? *[notion-clé : électrolyse]*
- Comment poser sur Mars un rover allant à 20 000 km/h ?
- Comment préserver son audition dans un environnement bruyant ? *[notions-clés : niveau sonore, atténuations, interférences]*
- Comment l'azote atmosphérique permet-il de lutter contre le braconnage des éléphants ? → **Voir corrigé page suivante**

3 Questions en lien avec la Physique-Chimie et votre deuxième spécialité

- **Maths** – Comment l'instabilité individuelle d'un noyau radioactif permet-elle de prédire l'évolution de l'activité d'un échantillon radioactif ? / La modélisation mathématique de la phase de refroidissement d'une tasse de thé est-elle satisfaisante ?
- **SVT** – Comment choisir un radiochronomètre en datation géologique ? / Pourquoi les enzymes sont des biocatalyseurs ?

Comment l'azote atmosphérique permet-il de lutter contre le braconnage des éléphants ?

PREMIÈRE PARTIE Mon exposé 5 min

Introduction : les raisons de mon choix 1 min

- J'aime les Sciences avec leur part de rigueur et d'émerveillement mais je compte faire des études en Droit.
- Je m'intéresse à l'apport des Sciences dans la lutte contre les fraudes.

Mon développement 3 min

- L'Union européenne a interdit le commerce de l'ivoire depuis 1989, à l'exception de celui des antiquités acquises avant 1947. Les trafiquants contournent la loi en faisant passer l'ivoire récent pour de l'ivoire ancien.
- Heureusement, la datation au carbone 14 (^{14}C) permet de détecter les fraudes.
- Tout être vivant contient des atomes de carbone dont une faible proportion est radioactif : le ^{14}C, isotope du ^{12}C stable et présent à 99 %.
- Le ^{14}C présent sur Terre provient de l'interaction des neutrons cosmiques sur l'azote atmosphérique qui se transforme en ^{14}C.
- On peut estimer que la quantité de ^{14}C présent sur Terre reste à peu près constante depuis plusieurs dizaines de milliers d'années car la diminution par désintégration radioactive est compensée par la formation de nouveaux noyaux dans la haute atmosphère.
- De même, cette proportion reste constante pendant la vie d'un être vivant car les atomes perdus par désintégration radioactive sont remplacés par de nouveaux atomes apportés par les échanges avec l'atmosphère (photosynthèse ou alimentation).
- À la mort d'un individu, la quantité de ^{14}C diminue en suivant une loi de décroissance exponentielle. Une mesure de cette quantité permet de déterminer la date de la mort.

Conclusion : ma réponse à la question 1 min

Ainsi, en mesurant la quantité de ^{14}C présente dans un échantillon d'ivoire et en la comparant à un échantillon de référence, on peut déterminer la date de la mort d'un éléphant et détecter la fraude si l'ivoire provient d'un éléphant mort après 1947.

DEUXIÈME PARTIE Échange avec le jury sur votre exposé 10 min

Questions possibles du jury

- Expliquez le phénomène de radioactivité.
- Écrivez les équations de réactions nucléaires conduisant à la formation du ^{14}C et à sa désintégration. Rappelez les lois de conservation utilisées.
- Établissez l'équation différentielle dont la loi de décroissance est solution.
- Quelles sont les limites de la datation au ^{14}C ?
- En réalité, la quantité de ^{14}C n'est pas stable sur le dernier siècle. Expliquez pourquoi et la façon dont les chercheurs corrigent ce problème.

TROISIÈME PARTIE Échange avec le jury sur votre orientation 5 min

Questions possibles du jury

- Intégrez-vous un cursus simple ou un double cursus en Droit ? Expliquez votre choix.
- Quelles sont les branches du Droit qui vous intéressent ? Quel serait votre parcours idéal jusqu'à la fin de vos études ?

FICHE 15 SVT : Exemples et question corrigée

Le choix des questions du Grand Oral prend appui sur les notions du cycle terminal, mais il n'exclut pas de s'ouvrir à des sujets proches de vos centres d'intérêt et/ou de votre projet post-bac. Vous pouvez choisir des sujets d'actualité scientifique ou sociétale ou associer aux SVT votre autre spécialité conservée en Terminale.

1 Questions en lien avec le programme de SVT

- En quoi certaines plantes comme l'oyat, que l'on trouve sur le littoral dunaire de la côte Atlantique, sont-elles adaptées à leur environnement ?
- En quoi la modification du microbiote intestinal peut-elle avoir un effet sur le stress chronique ?
- En quoi la sitagliptine (médicament de la famille des gliptines) peut-elle améliorer la vie des individus atteints du diabète de type 2 ?
- En quoi l'âge peut-il influer sur l'apprentissage d'un instrument de musique ?
- En quoi les xénogreffes d'organismes génétiquement modifiés constituent-elles un espoir en médecine ? ➜ **Voir corrigé page suivante**

2 Questions en lien avec l'actualité scientifique ou sociétale

- En quoi la vaccination avec ARNm, mise en lumière au moment de la crise sanitaire de la Covid-19, peut-elle être développée dans le cadre du traitement de certains cancers ?
- Pourquoi le cannabidiol ou CBD, qui est commercialisé pour son effet anxiolytique, n'est-il pas considéré comme une drogue ?
- En quoi les deux éruptions volcaniques du Cumbre Vieja aux Canaries (2021) et aux îles Tonga (2022) sont-elles différentes ?
- En quoi l'utilisation de produits phytosanitaires peut-elle devenir problématique dans l'agriculture ?

3 Questions en lien avec les SVT et votre deuxième spécialité

- **Maths –** Pourquoi peut-on dire que, d'un point de vue statistique, il est quasi impossible d'avoir deux individus avec le même génotype ?
- **Physique-Chimie –** Pourquoi la datation de fossiles par la méthode du carbone 14 est-elle limitée à 50 000 ans ? / En quoi l'acidification des océans peut-elle avoir un impact sur la biodiversité marine ?
- **SES ou HGGSP –** En quoi le réchauffement climatique peut-il avoir un effet sur les échanges commerciaux dans le monde ?

En quoi les xénogreffes d'organismes génétiquement modifiés constituent-elles un espoir en médecine ?

PREMIÈRE PARTIE Mon exposé 5 min

Introduction : les raisons de mon choix 1 min

- Malgré les conditions sanitaires liées à la pandémie de la Covid-19, les greffes d'organes ont augmenté de presque 20 % en 2021 par rapport à l'année précédente. 24 000 personnes environ demeurent néanmoins dans l'attente d'une greffe et 500 à 800 personnes meurent chaque année faute d'en avoir bénéficié.
- En janvier 2021, une équipe américaine de Baltimore a réalisé pour la première fois une xénogreffe (greffe où le donneur et le receveur appartiennent à des espèces différentes) d'un cœur de porc génétiquement modifié chez un patient en insuffisance cardiaque terminale.

Mon développement 3 min

- Définition du principe d'une transplantation d'organe (tel que le cœur).
- Les cellules du greffon possèdent à leur surface des protéines spécifiques de l'individu sur qui on a prélevé l'organe. Ces antigènes du complexe majeur d'histocompatibilité (CMH) vont être reconnus par les cellules immunitaires de la personne recevant la greffe comme étrangères et un mécanisme de rejet du greffon apparaît. Afin de l'éviter, les médecins prescrivent des immunosuppresseurs qui diminuent la réponse immunitaire du receveur.
- On a réalisé une transgenèse, c'est-à-dire le transfert de gène d'un organisme (ici, le patient) à l'organisme sur lequel on va prélever l'organe (ici, le porc) afin de modifier le CMH de ce dernier pour qu'il soit le plus proche possible de celui du receveur. Ainsi, on espère limiter fortement le mécanisme de rejet chez le receveur.

Conclusion : ma réponse à la question 1 min

Les modifications génétiques réalisées sur le porc permettent de diminuer fortement le mécanisme de rejet du greffon chez le receveur. Si le succès de cette xénogreffe se confirme, d'autres tentatives pourront être réalisées avec la perspective de réduire le déséquilibre permanent entre les besoins et le nombre de greffons disponibles.

DEUXIÈME PARTIE Échange avec le jury sur votre exposé 10 min

Questions possibles du jury

- Quelles sont les étapes qui permettent d'obtenir un organisme génétiquement modifié ?
- En dehors de l'histocompatibilité des tissus, quels sont les autres risques associés à la pratique des xénogreffes ?
- Ces xénogreffes sont-elles autorisées en France ?
- Quels sont les problèmes bioéthiques qui peuvent être associés à ce type de greffe ?
- Quelles sont les modalités pour réaliser un don d'organes en France ?

TROISIÈME PARTIE Échange avec le jury sur votre orientation 5 min

Questions possibles du jury

- Quelle poursuite d'études envisagez-vous ?
- En quoi la question traitée vous a t-elle conforté(e) dans votre projet de formation post-bac ?
- Connaissez-vous d'autres avancées technologiques en lien avec votre projet d'orientation ?

FICHE 16

Le Grand Oral des spécialités de sciences humaines et littéraires : SES, HGGSP, LLCER, AMC et HLP

Une « bonne question » de Grand Oral dans les spécialités de sciences humaines et littéraires doit vous permettre de mettre en avant vos compétences documentaires et votre capacité à exposer une réflexion personnelle.

1 Le choix et l'élaboration de vos deux questions

- Chaque question peut ne concerner qu'un seul de vos enseignements de spécialité ou être transversale et associer vos deux enseignements de spécialité.
- Vos deux questions doivent être en lien avec les programmes de Première et/ou de Terminale de votre spécialité et peuvent prendre appui sur des points du programme exclus de l'épreuve écrite.

Attention !

Veillez à construire une question à laquelle vous pouvez apporter une réponse complète dans le temps de l'épreuve.

- Adossées au programme de votre enseignement de spécialité, vos questions doivent être personnelles. Il s'agit, sur un thème que vous aurez choisi, de développer un avis raisonné à partir de la maîtrise de connaissances disciplinaires.
- Le point de départ de votre réflexion pour élaborer vos questions peut être varié : un point du programme en lien direct avec votre projet de poursuite d'études ; une question d'actualité en lien avec une notion du programme ; une question à forts enjeux sociétaux ; un lien avec votre autre spécialité…
- À partir d'une thématique large, vous précisez votre question en élaborant une approche problématisée et en construisant votre développement et votre réponse.

Attention !

Si vous choisissez de traiter une question propice aux controverses, il vous sera possible d'exprimer votre opinion personnelle lors de l'épreuve. Cependant, n'oubliez pas que l'on attend d'abord de vous l'expression d'une démarche réfléchie et documentée. Il est alors indispensable que vous distinguiez explicitement les faits avérés de votre opinion personnelle.

2 Les attendus du Grand Oral dans les spécialités de sciences humaines et littéraires

- Au-delà d'une formulation pertinente de votre question, on attend de vous un traitement s'appuyant sur une documentation émanant de sources vérifiées et l'expression d'une réflexion personnelle, articulée et argumentée.
- Vous devez recourir à un lexique disciplinaire précis sans oublier qu'un seul des deux membres du jury est expert de l'enseignement de spécialité auquel se réfère votre question. Cela signifie que vous devez être capable d'expliquer tous les termes que vous utiliserez. Ainsi, vous développerez un discours de spécialiste tout en expliquant clairement vos propos.

3 Le cas particulier des LLCER et de l'AMC

- Illustrer votre problématique avec les œuvres complètes que vous avez étudiées est recommandé mais non obligatoire.
- Prenez garde à ne pas confondre votre Grand Oral et votre oral de LLCER !
- Vos questions sont formulées en français, mais vous avez la possibilité, si vous le souhaitez, de faire une partie ou l'intégralité de votre exposé de Grand Oral dans votre langue de spécialité même si le barème ne prévoit pas de points spécifiques pour l'évaluation de la langue étrangère. Vous pouvez, par exemple, faire votre introduction et votre conclusion dans votre langue de spécialité, et le développement en français.
- Pendant le temps d'échange, votre jury peut également vous poser une ou plusieurs questions dans votre langue de spécialité.

4 L'usage des notes pendant l'épreuve

- Lors de la première partie de l'épreuve (exposé de 5 minutes), vous pouvez disposer des notes que vous aurez prises pendant votre temps de préparation.
- Lors de la deuxième partie de l'épreuve (échange de 10 minutes avec le jury sur votre exposé), vous pourrez recourir à un support (feuille, tableau) pour illustrer ou expliciter vos propos ou développer une démonstration.

FICHE 17 SES : Exemples et question corrigée

Choisir une question de Grand Oral est une démarche personnelle à mener dans le cadre du programme : faites référence à l'actualité, suivez vos centres d'intérêt, croisez les SES avec votre autre spécialité, ou faites le lien avec votre orientation.

1 Questions en lien avec l'actualité

- Le Brexit est-il une erreur économique pour le Royaume-Uni ?
- Crise sanitaire de la Covid-19 : est-il juste que l'État dépense autant ?
- Transports : faut-il taxer encore davantage les carburants ?
- Faut-il avoir peur de la dette publique française ? → Voir corrigé page suivante
- Le mouvement des Gilets jaunes en France : nouveau mouvement social ?

2 Questions en lien avec vos centres d'intérêt

- **Économie** – Chômage : le Smic est-il trop élevé ?
- **Sociologie** – L'ubérisation des emplois favorise-t-elle l'intégration sociale des jeunes ?
- **Sciences politiques** – Est-ce la fin des partis politiques en France ?

3 Questions en lien avec les SES et votre deuxième spécialité

- **Mathématiques** – Les marchés financiers aux mains des algorithmes : efficacité ou danger ?
- **HGGSP** – Croissance économique et environnement font-ils bon ménage aux États-Unis ?
- **LLCE Anglais** – Le « self-made-man » américain existe-t-il aussi en France ?
- **HLP** – Jusqu'où le développement des techniques de production peut-il servir l'homme ?

4 Questions en lien avec votre orientation

- **Science de l'éducation, Sociologie** – Les pédagogies alternatives peuvent-elles transformer l'école ?
- **Droit, Science politique** – Doit-on accorder à la nature une personnalité juridique ?
- **Sciences économiques, Psychologie** – La psychologie aide-t-elle à comprendre la formation de bulles spéculatives ?

Faut-il avoir peur de la dette publique française ?

PREMIÈRE PARTIE Mon exposé 5 min

Introduction : les raisons de mon choix 1 min

- Avec la crise sanitaire de la Covid-19, on parle beaucoup des dangers de l'augmentation de la dette de nombreux pays, dont la France.
- En cours, nous avons étudié la question de la dette publique dans le cadre européen et j'ai souhaité recentrer la réflexion sur la France en me demandant si notre pays pouvait s'endetter sans limites.

Mon développement 3 min

- [Argument 1] En 2020, la crise sanitaire a généré une crise économique : en France, les dépenses publiques ont augmenté pour répondre aux besoins économiques et sociaux, et les recettes publiques ont chuté. Le déficit public s'est creusé, ce qui a alourdi le montant de la dette publique à rembourser (113 % du PIB en 2021).
- [Argument 2] Pour certains économistes, les milliards que constitue la dette publique « viennent du futur » : la dette ne doit pas obligatoirement être remboursée immédiatement, laissant la possibilité à l'État d'emprunter pour financer le déficit public. Dans cette optique, en 2021, l'Union européenne a décidé d'un plan d'endettement commun de 750 milliards d'euros pour relancer l'économie européenne.
- [Argument 3] Un argumentaire inverse montre qu'il n'y a pas d'argent magique : les dépenses publiques doivent être limitées pour éviter à l'État de trop devoir emprunter et ainsi d'alourdir sa dette. Car diminuer la dette a des avantages : cela limite la hausse des taux d'intérêt qui augmente la charge de la dette ; cela évite aussi une future hausse d'impôts à la charge de la génération suivante pour rembourser la dette.

Conclusion : ma réponse à la question 1 min

Vouloir réduire la dette de la France trop vite risquerait de casser la relance de l'économie. Mais il est nécessaire de fixer un horizon de baisse de la dette à long terme pour être capable de s'endetter à nouveau si un autre choc économique de grande ampleur survenait.

DEUXIÈME PARTIE Échange avec le jury sur votre exposé 10 min

Questions possibles du jury

- Quelle différence faites-vous entre le déficit public et la dette publique ?
- Pouvez-vous donner des exemples de dépenses publiques en France pour répondre à la crise sanitaire de la Covid-19 ?
- La France fait-elle partie des pays les plus endettés de la zone euro ?
- Sur quelle(s) ressource(s) documentaire(s) principale(s) vous êtes-vous appuyé(e) pour votre travail ?

TROISIÈME PARTIE Échange avec le jury sur votre orientation 5 min

Questions possibles du jury

- Quelle poursuite d'études envisagez-vous ?
- Selon vous, que peut apporter la spécialité SES dans ces études ?
- Quel est votre projet professionnel ?

FICHE 18

HGGSP : Exemples et question corrigée

La formulation des questions de Grand Oral est toujours liée directement au programme de Première ou de Terminale, en le croisant éventuellement avec celui de votre autre spécialité. Elle s'appuie sur l'actualité, sur votre projet personnel ou sur vos centres d'intérêt.

1 Questions en lien avec les évolutions du monde contemporain

- **Un fait d'actualité –** La guerre en Ukraine remet-elle en cause les fondements pacifiques de l'Union européenne ? → **Voir corrigé page suivante**
  [Avec SES] Est-il possible d'acheter la paix ?
  [Avec HLP] Les libertés fondamentales peuvent-elles être menacées par les enjeux de santé publique liés au Covid 19 ?
- **Un grand enjeu actuel –** La démocratie est-elle fragilisée par la montée massive de l'abstentionnisme électoral ?
  [Avec SVT] Comment l'homme peut-il intervenir pour freiner le réchauffement climatique ?
  [Avec LLCE] Défendre les langues minoritaires, un enjeu démocratique ?

2 Questions en lien avec votre projet d'études ou professionnel

- **L'orientation post-bac –** [Études de sociologie] L'école permet-elle de réduire les inégalités sociales ? [CPGE littéraires, IEP] La loi doit-elle encadrer le travail de l'historien ?
- **Le futur métier envisagé –** [Journalisme] La presse écrite peut-elle disparaître ? [Gendarmerie, police, armée] Les services secrets seront-ils encore indispensables au monde de demain ?

3 Questions liées à vos centres d'intérêt

- **Astronomie, science-fiction –** A-t-on le droit de coloniser l'espace ?
- **Arts –** La valorisation excessive du patrimoine n'est-elle pas un danger ?
- **Droits de l'homme –** Fermer les frontières protège-t-il vraiment d'un danger extérieur ?
- **Développement durable –** Les pays développés ont-ils une « dette climatique » envers le reste du monde ?

La guerre en Ukraine remet-elle en cause les fondements pacifiques de l'Union européenne ?

PREMIÈRE PARTIE Mon exposé 5 min

Introduction : les raisons de mon choix 1 min

- La guerre est un thème majeur du programme HSGGP de Terminale que l'actualité permet de croiser avec la conclusion du premier thème du programme HSGGP de Première (le fonctionnement de l'Union européenne, basé sur la démocratie et la paix).
- Le retour d'une guerre d'annexion conventionnelle « clausewitzienne » aux portes de l'Europe communautaire après plus de 70 ans de paix nous interpelle tous et bouleverse les analyses établies jusque-là.

Mon développement 3 min

- L'objectif principal de l'Union européenne est de « promouvoir la paix, à l'intérieur et par-delà ses frontières ». Cet objectif l'a engagée, depuis plus de 50 ans, dans une politique pacifique basée sur une diplomatie conciliante et le respect de ses engagements internationaux.
- Ainsi, l'Europe des 27 est-elle devenue une grande puissance économique mais n'a pas pu se constituer en véritable puissance politique et encore moins militaire.
- La guerre en Ukraine l'oblige à repenser dans l'urgence toute sa politique de sécurité extérieure. Le projet de défense commune, en quasi sommeil depuis des décennies, est désormais une priorité de l'Union.

Conclusion : ma réponse à la question 1 min

La guerre en Ukraine a ouvert les yeux à l'Union en matière de défense européenne. Tout en réaffirmant haut et fort ses principes fondateurs (paix et démocratie), elle semble s'être ressouvenu que le meilleur moyen de les conserver était de se conformer à la célèbre analyse du tacticien romain Végèce « Si tu veux la paix, prépare la guerre ».

DEUXIÈME PARTIE Échange avec le jury sur votre exposé 10 min

Questions possibles du jury

- Comment relier le fait que les notions de paix et de démocratie sont les fondements de l'Union européenne à l'histoire de l'Europe avant 1945 ?
- Y-a-t-il des éléments de l'histoire récente de la Russie qui permettent de comprendre les causes de ce conflit ?
- Les sanctions internationales sont-elles suffisantes pour arrêter une guerre de type « clausewitzien » ?
- Quel est votre avis sur la création d'une véritable défense militaire commune en Europe ?

TROISIÈME PARTIE Échange avec le jury sur votre orientation 5 min

Questions possibles du jury

- Quel est votre projet d'orientation après le baccalauréat ?
- Quel parcours professionnel souhaiteriez-vous ensuite ? Avez-vous envisagé qu'il se déroule hors de France ?

FICHE 19 LLCE Anglais : Exemples et question corrigée

Le programme de LLCE Anglais du cycle terminal repose sur deux thématiques en Première et trois thématiques en Terminale. Pour bâtir vos questions de Grand Oral, vous devez vous appuyer sur une ou plusieurs de ces cinq thématiques. Nous vous recommandons d'élaborer vos questions autour du programme de Terminale et, éventuellement, d'illustrer vos propos avec des notions vues en Première.

1 Questions en lien avec le programme de LLCE de Terminale

- **Thématique 1 (Arts et débats d'idées)** – Peut-on dire que le Street Art est de l'art ou du simple vandalisme ?
- **Thématique 2 (Expression et construction de soi)** – Comment les autobiographies de la « génération volée » en Australie ont-elles permis à leurs auteurs de retrouver leurs propres identités ?
- **Thématiques 1 et 2** – Dans quelle mesure la musique est-elle un vecteur d'émotion, mais aussi de contestation ? ➜ **Voir corrigé page suivante**
  Comment les grands discours, que ce soit dans la fiction ou dans la réalité, permettent-ils de convaincre ou de manipuler ?
- **Thématique 3 (Voyages, territoires, frontières)** – Quelle part l'immigration a-t-elle dans la construction des États-Unis ?
- **Thématiques 2 et 3** – Quels exemples en littérature peuvent réaffirmer que « les voyages forment la jeunesse » ?

2 Questions en lien avec les LLCE et votre deuxième spécialité

- **SVT ou HGGSP** – Comment les dystopies et la cli-fi (climat-fiction) peuvent-elles contribuer à alerter sur les problèmes environnementaux et faire réagir ?
- **EPPCS** – Comment le sport et les fictions mettant en scène des sportifs peuvent-ils exercer une influence sur la société ?
- **HLP** – Dans quelle mesure les romans d'apprentissage aident-ils leurs jeunes lecteurs à la construction de leurs personnalités ?
- **Arts (option Cinéma-Audiovisuel)** – Comment le cinéma américain retrace-t-il le mouvement des droits civiques ?
- **Maths** – Dans quelle mesure les algorithmes de recommandation des réseaux sociaux peuvent-ils avoir un impact sur nos émotions ?

Dans quelle mesure la musique est-elle un vecteur d'émotion, mais aussi de contestation ?

PREMIÈRE PARTIE Mon exposé 5 min

Introduction : les raisons de mon choix 1 min

- Music plays an important part in the daily life of lots of people. Personally, I could not spend a day without listening to some music. [La musique a une part importante dans la vie quotidienne de nombreuses personnes. Je ne pourrais, personnellement, pas vivre sans écouter de la musique chaque jour.]
- However, even if people listen to music a lot, especially songs, they don't often pay enough attention to the lyrics, to what they evoke or convey. [Cependant, même si l'on écoute souvent de la musique, en particulier des chansons, on fait souvent assez peu attention aux paroles, et à ce qu'elles évoquent et véhiculent.]

Mon développement 3 min

- La musique est avant tout vecteur d'émotion. Chaque musique ou chanson peut faire ressentir des émotions différentes : l'amour, la nostalgie, la tristesse… Par exemple, la reprise de la chanson « *At Last* » par Etta James est l'une des plus populaires chansons d'amour.
- Toutefois, la musique ne sert pas seulement à déclarer des sentiments. Elle permet également de véhiculer des points de vue, de contester une situation sociale par exemple. Ces chansons engagées sont de plus en plus nombreuses et populaires. Une chanson telle que « *Dear Mr President* » de la chanteuse américaine Pink est une lettre ouverte à l'ancien Président américain George W. Bush pour l'interpeler sur les problèmes de pauvreté.
- Cependant, la musique engagée n'est pas quelque chose de récent. Les *slave songs*, ou chanson d'esclaves, chantées dans les champs de coton aux États-Unis, permettaient aux esclaves non seulement d'exprimer leurs émotions, mais aussi leur colère, et de contester leurs conditions de vie, de manière souvent codée dans leurs chansons.

Conclusion : ma réponse à la question 1 min

The idiom says that « music soothes the soul » and I believe that to be true in more ways than one. Music allows people to put into words the way they feel, may it be love or sadness. Music also allows people to spread a message to the world, and those committed songs may be the starting point for a conversation about a social issue, for instance. [L'expression dit que « la musique adoucit les mœurs » et je pense que c'est vrai pour plus d'une raison. La musique nous permet de mettre en mots ce que l'on ressent, que ce soit de l'amour ou de la tristesse. La musique nous permet également de délivrer un message au monde, et ces chansons engagées peuvent être le point de départ d'une conversation sur un problème social, par exemple.]

DEUXIÈME PARTIE Échange avec le jury sur votre exposé 10 min

Questions possibles du jury

- Comment pouvez-vous raccrocher votre exposé au programme de LLCE ?
- Pensez-vous que la musique puisse être complètement neutre ?
- Quel est votre lien personnel avec la musique ?

TROISIÈME PARTIE Échange avec le jury sur votre orientation 5 min

Questions possibles du jury

- Quelle poursuite d'études envisagez-vous ?
- Envisagez-vous d'utiliser l'anglais dans le futur ? Quel est votre projet professionnel ?

FICHE 20

AMC : Exemples et question corrigée

Le programme d'AMC du cycle terminal repose sur deux thématiques en Première et trois thématiques en Terminale. Pour bâtir vos questions de Grand Oral, vous devez vous appuyer sur une ou plusieurs de ces cinq thématiques. Nous vous recommandons d'élaborer vos questions autour du programme de Terminale et, éventuellement, d'illustrer vos propos avec des notions vues en Première.

1 Questions en lien avec le programme d'AMC de Terminale

- **Thématique 1 (Faire société)** – La lutte pour l'obtention du droit de vote aux USA a-t-elle été un vecteur d'unité ou d'une société toujours plus inégalitaire ?
- **Thématiques 1 et 3** – Dans quelle mesure la langue anglaise peut-elle à la fois rassembler et séparer ?
- **Thématique 2 (Environnement en mutation)** – Comment une capitale européenne comme Londres peut-elle être repensée dans une logique environnementale ?
  La notion de *Manifest Destiny* est-elle toujours d'actualité ?
- **Thématique 3 (Relation au monde)** – Dans quelle mesure l'appropriation culturelle dans la mode doit-elle être questionnée ? → **Voir corrigé page suivante**
  Les sociétés multinationales américaines sont-elles toujours les plus influentes dans le monde ?

2 Questions en lien avec l'AMC et votre deuxième spécialité

- **EPPCS** – Comment les Jeux olympiques et paralympiques peuvent-ils renforcer le sentiment patriotique ?
  Dans quelle mesure le sport féminin a-t-il évolué, tant au niveau performance que sociétal ?
- **SVT ou HGGSP** – La cause environnementale est-elle une cause nationale ou planétaire ?
- **HGGSP** – La conquête spatiale est-elle la nouvelle Frontière américaine ?
- **SES** – Comment les universités américaines de l'Ivy League et britanniques du Russell Group influent-elles sur les inégalité en matière d'éducation ?

Dans quelle mesure l'appropriation culturelle dans la mode doit-elle être questionnée ?

PREMIÈRE PARTIE Mon exposé 5 min

Introduction : les raisons de mon choix 1 min

- The fashion industry is a billion-dollar industry, in the whole world. The way fashion influences the economy and the society in general is enormous. [L'industrie de la mode est une industrie qui vaut des milliards de dollars, et ce dans le monde entier. La façon dont la mode influence à la fois l'économie et la société en général est énorme.]
- However, in the recent fashion collection, it has been noted that some choices of the clothes designers are questionable and should be addressed. Indeed, some designers have been accused of cultural appropriation. [Cependant, dans les récentes collections de mode, nous avons pu remarquer que certains choix effectués par les créateurs de vêtements peuvent être remis en question. En effet, certains créateurs ont été accusés d'appropriation culturelle.]

Mon développement 3 min

- [Définition] L'expression « appropriation culturelle » désigne l'utilisation d'éléments d'une culture par les membres d'une autre culture. Elle a été créée en 1976 par Kenneth Coutts-Smith, lorsqu'il a exprimé le rapport entre l'appropriation culturelle et le colonialisme.
- [Exemples] Ce phénomène existe dans la mode où l'utilisation des éléments d'une culture, souvent d'une minorité, est fréquente. En 2015, par exemple, la marque Victoria's Secret utilisait dans un défilé une coiffe amérindienne alors que la mannequin qui défilait n'était pas amérindienne. Plus récemment, Kim Kardashian a lancé une collection de vêtements baptisée « Kimonos », ce qui a été vivement critiqué.
- [Problématique] L'appropriation culturelle est souvent critiquée dans le monde de la mode, car la création de vêtements inspirés de vêtements traditionnels ne prend pas en compte leur signification dans la culture d'origine. Par exemple, la coiffe amérindienne est traditionnellement réservée aux anciens ou aux chefs de tribus. Dans un défilé, elle est exploitée comme un simple accessoire de mode.

Conclusion : ma réponse à la question 1 min

Cultural appropriation is, to conclude, an issue which should be raised and questioned. After some controversies, many brands realized their errors and decided to take action. For instance, Disney, after selling a costume of the character of Maui in the movie *Moana* which was considered as offensive to Polynesians, decided to apologize and to take the product off the market. [L'appropriation culturelle est, pour conclure, un problème qui doit être traité. Après certaines polémiques, de nombreuses marques ont réalisé leurs erreurs et ont décidé d'agir. Par exemple, Disney, après avoir vendu un costume du personnage de Maui dans le film *Vaiana*, ce qui fut considéré comme offensant par les Polynésiens, a décidé de s'excuser et de retirer le produit du marché.]

DEUXIÈME PARTIE Échange avec le jury sur votre exposé 10 min

Questions possibles du jury

- L'appropriation culturelle peut-elle être considérée comme une forme d'hommage ?
- Quel est votre lien personnel avec la mode ?

TROISIÈME PARTIE Échange avec le jury sur votre orientation 5 min

Questions possibles du jury

- Quelle poursuite d'études envisagez-vous ? Quel est votre projet professionnel ?
- Envisagez-vous d'utiliser l'anglais dans le futur ?

FICHE 21

HLP : Exemples et question corrigée

Choisir une question de Grand Oral est une démarche personnelle à mener en respectant le cadre du programme de Première et/ou de Terminale. Vos questions doivent articuler des réflexions littéraires et philosophiques, mais une discipline peut être favorisée.

1 Questions en lien avec une ou plusieurs notions

- Bien parler, est-ce bien penser ?
- Enseigner, est-ce seulement transmettre des savoirs ?
- Peut-on faire progresser l'humanité sans violence ?

2 Questions en lien avec une ou plusieurs œuvres, un ou plusieurs auteurs

- *Ourika* de Mme de Duras : l'écriture de l'expérience du moi peut-elle être universelle ?
- *Idée d'une histoire universelle au point de vue cosmopolitique* de Kant : penser que l'histoire a un sens, est-ce priver l'homme de sa liberté ?
- *L'art d'avoir toujours raison* de Schopenhauer et *Tartuffe* de Molière : chercher à convaincre peut-il se transformer en manipulation ?

3 Questions en lien avec une ou plusieurs œuvres d'art

- *Le Discours d'un roi* (2011) : pourquoi la conviction ne passe-t-elle pas que par les mots ?
- *La Folle Histoire de Max et Léon* (2016), *La Grande Vadrouille* (1966) et *Papy fait de la résistance* (1983) : qu'est-ce le comique apporte à la dénonciation de la guerre ?
- Les tapisseries du *Chant du monde* de Lurçat : comment l'art permet-il de comprendre la rupture sans précédent qu'a symbolisée Hiroshima ?

4 Questions en lien avec une ou plusieurs pratiques esthétiques

- Si on publie son journal, est-il toujours intime ?
- L'autoportrait et l'autobiographie révèlent-ils la même chose de l'individu ?
- Qu'est-ce l'écriture automatique des surréalistes a apporté à la littérature et à la notion de « conscience » ? ➜ Voir corrigé page suivante

QUESTION CORRIGÉE

Qu'est-ce l'écriture automatique des surréalistes a apporté à la littérature et à la notion de « conscience » ?

PREMIÈRE PARTIE Mon exposé 5 min

Introduction : les raisons de mon choix 1 min

- En 3e, j'ai étudié le poème « La courbe de tes yeux » de Paul Éluard qui est devenu mon poème préféré, et la professeure nous a parlé du surréalisme et de l'écriture automatique.
- Ma question est au croisement de trois notions au programme : le surréalisme, qui est une rupture artistique qui naît de la rupture historique de 1914-1918, est une nouvelle manière de représenter le monde et de partir à la recherche de soi.

Mon développement 3 min

- [Argument 1] L'écriture automatique naît avec les travaux de Freud sur l'inconscient, ce qui bouleverse la notion même de conscience. André Breton, le « pape du surréalisme » est d'ailleurs infirmier psychiatrique pendant la Première Guerre mondiale et rencontre des soldats traumatisés.
- [Argument 2] L'écriture automatique est un outil d'exploration de son identité, à la limite entre le rêve et la conscience « en dehors de toute préoccupation esthétique ou morale » (Breton). C'est une forme de libération de soi et d'expression de sa sensibilité sans limite.
- [Argument 3] Avec l'écriture automatique, la poésie n'est plus une affaire de technique et de règles, l'art s'ouvre à tous. La création laisse toute sa place au hasard et à la sensibilité : « Un poème doit être une débâcle de l'intellect. » (Breton-Éluard, Notes sur la poésie)

Conclusion : ma réponse à la question 1 min

L'écriture automatique est un moment fondamental dans l'histoire des idées et dans l'histoire de la littérature. Cette pratique esthétique est le premier signe de la place accordée aujourd'hui à l'inconscient dans nos sociétés et a influencé l'art en général, comme en témoignent les tableaux de Salvador Dali.

DEUXIÈME PARTIE Échange avec le jury sur votre exposé 10 min

Questions possibles du jury

- Suffit-il d'écrire automatiquement pour faire de la poésie d'après vous ?
- Est-ce que la Seconde Guerre mondiale a aussi fait naître des pratiques esthétiques majeures ?
- Avez-vous déjà pratiqué l'écriture automatique ? Qu'en avez-vous pensé ?

TROISIÈME PARTIE Échange avec le jury sur votre orientation 5 min

Questions possibles du jury

- Quelle poursuite d'études envisagez-vous ? Comptez-vous vous orienter vers un métier en lien avec l'art ?
- Pour préaprer votre orientation, êtes-vous allé(e) dans des salons ou à des portes ouvertes ?
- Avez-vous rencontré des professionnels du secteur vers lequel vous souhaitez vous orienter ?

PARTIE I DE L'ÉPREUVE

Préparer l'exposé durant l'année

FICHE 22

Construire un plan cohérent

Si l'élaboration d'un plan clair et efficace est nécessaire, elle n'entrave en rien votre créativité. Chaque plan doit répondre aux trois exigences développées ci-dessous.

1 La progression

- L'exposé doit présenter une progression pour être convaincant.

  Ex. : Les réseaux sociaux sont-ils nocifs ?
  1. Les réseaux sociaux sont incontournables
  2. Ils sont sources de dangers
  3. Mais facteurs de progrès

- Chaque partie développe une idée essentielle et comprend des sous-parties incluant les idées secondaires. Ces dernières ne constituent pas un catalogue mais s'enchaînent de façon cohérente.
- Le plan le plus équilibré comprend trois parties mais la démarche en deux étapes n'est pas interdite.
- L'ordre des arguments n'est pas laissé au hasard : procédez du plus simple au plus complexe, du plus attendu au plus subtil. Vous pouvez aussi adopter l'ordre nestorien selon lequel les arguments les plus forts sont placés au début et à la fin pour une meilleure efficacité.

Attention !

Votre exposé ne doit pas dépasser 5 minutes : nous vous déconseillons les plans en quatre parties ainsi que la multiplication des sous-parties.

Ordre nestorien

Nestor, roi de Pylos, est un héros de la guerre de Troie qui organisait son armée en présentant en première et dernière ligne ses meilleurs soldats.

2 La cohérence

- Veillez à la cohérence du plan : l'enchaînement des parties doit refléter une logique d'ensemble. Les connecteurs logiques, les transitions sont donc essentiels, gages de fluidité et de clarté.
- À l'oral, vous mettrez en relief cette cohérence par l'insistance sur certains mots ou par des silences bien placés.

  Ex. : La pauvreté dans le monde est-elle une fatalité ?
  1. Une triste réalité
  2. Qui n'est pourtant pas une fatalité
  3. D'ailleurs, il y a des avancées

3 Le lien avec la problématique

- Il convient de déterminer les limites du sujet, et de traquer le hors sujet. Revenez constamment à la problématique présentée dans l'introduction. Posez-vous toujours la question : ce développement concerne-t-il mon sujet ? Si ce n'est pas le cas, écartez-le.
- Gardez de côté les arguments, les exemples, les perspectives qui ne sont pas directement en lien avec la question que vous avez posée car vous pourrez peut-être les approfondir durant l'entretien si l'occasion vous en est donnée.

Ex. : Quel est l'intérêt de la transposition filmique d'une pièce de théâtre ?
On n'évoquera pas le cas de la transposition théâtrale d'un film (*Les Damnés*, d'après Visconti) ou seulement en conclusion si l'on souhaite que cette piste soit abordée durant l'entretien.

ENTRAÎNEMENT

→ *Corrigés p. 150*

1 Présentez un plan en soulignant les articulations logiques.

Le handicap, un enjeu de société ?

2 Surlignez les mots de liaison et entraînez-vous à lire à voix haute ce discours en les mettant en relief.

Discours du président de la République Emmanuel Macron, prononcé le 29 mars 2018 au Collège de France.

« Donc, vous l'avez compris, je souhaite que la France soit l'un des leaders de cette intelligence artificielle, je souhaite que l'Europe soit l'un des leaders de cette intelligence artificielle. Nous en avons les moyens et nous allons en créer les conditions, d'abord, parce que je pense que c'est bon pour notre pays, ensuite parce que je pense que ça crée des opportunités, enfin parce que je pense qu'il n'y a aucune chance de prétendre en contrôler les effets ou avoir son mot à dire sur tel ou tel effet pervers si on a raté la bataille du début, c'est-à-dire d'être un acteur de cette aventure. »

3 Retrouvez les connecteurs effacés et lisez les phrases à voix haute pour les mettre en relief.

Balzac : « Les mines d'or ne sont plus au Mexique, ... place de la Bourse. »
Confucius : « Tous les hommes pensent que le bonheur se trouve au sommet de la montagne ... il réside dans la façon de la gravir. »
Flaubert : « Je crois que le succès auprès des femmes est généralement une marque de médiocrité, et c'est celui-là... que nous envions tous et qui couronne les autres. »

FICHE 23

Choisir le plan classique ou le plan dialectique

Le plan permet de répondre à la question posée en structurant l'argumentation. Les deux modèles traditionnels que sont les plans classique et dialectique sont les plus retenus.

1 Le plan classique

- Le plan classique, le plus ancien, est hérité des orateurs antiques, notamment Cicéron. Il permet de développer une réponse à une question ouverte, introduite par un mot interrogatif. Il peut aussi s'adapter à une question binaire (oui/non).

  Ex. : Quel avenir pour les panneaux photovoltaïques ? Les panneaux photovoltaïques ont-ils un avenir ?

- On distingue trois grandes parties :
  - l'introduction : « un beau vestibule », selon Cicéron ;
  - l'argumentation ;
  - la conclusion.

> **Cicéron**
>
> Cicéron (106-43 av. J.-C.) est un homme d'État romain. Orateur de talent, il est aussi un théoricien de l'éloquence (*De Oratore* en 55 av. J.-C.).

- L'argumentation présente le schéma suivant :
  1. La narration qui prépare le terrain (rappel des faits, parcours chronologique)
  2. La confirmation qui présente des arguments
  3. La réfutation qui désamorce les critiques

  Ex. : Quel avenir pour les panneaux photovoltaïques ?
  1. L'histoire du panneau, son fonctionnement
  2. Les avantages
  3. Le rejet des inconvénients

2 Le plan dialectique

- La dialectique (du grec *dialegomai*, « converser ») est une méthode de raisonnement enracinée dans la pratique du dialogue. Elle est associée à la confrontation.

> **Mot-clé**
>
> La dialectique est un concept pluriel en philosophie, de Platon à Hegel. Pour Socrate, elle est déjà une méthode d'accès à la vérité : dans la démarche socratique, qui procède par paliers, la contradiction est le moteur de la pensée.

- Le plan dialectique permet de développer une réponse à une question qui n'admet grammaticalement que deux réponses possibles contradictoires (oui/non).

Ex. : Les éoliennes sont-elles un facteur de progrès environnemental ?

- Encadré par une introduction et une conclusion, le plan dialectique est le plan académique en trois parties :
  – la thèse (je pose). Elle va dans le sens du sujet. → *Certes…*
  – l'antithèse (j'oppose). Elle conteste ou nuance ce point de vue. → *Mais…*
  – la synthèse (je compose). Elle est un dépassement de la contradiction apparente. → *En fait…*

- La synthèse peut présenter des difficultés : elle n'est pas une redite des deux premières parties, mais une position qui les réconcilie ou les dépasse.

Attention !

Lors de la synthèse, veillez à ne pas faire un hors sujet.

- La démarche :
  – pour bâtir une progression dialectique, il faut envisager les deux orientations ouvertes par le sujet en gommant leur contradiction ;
  – dans un premier temps, on envisage les deux pistes de réponse contradictoires et on s'efforce de les concilier ;
  – dans un second temps, on cherche une perspective qui dépasse les deux premières et qui soit l'aboutissement logique de la progression.

Ex. : Les éoliennes sont-elles un facteur de progrès environnemental ?

1. Les éoliennes sont une source d'énergie renouvelable indispensable
2. Mais elles sont une source de nuisances
3. Elles doivent présenter un cadre normatif rassurant

ENTRAÎNEMENT

→ *Corrigés p. 150*

1 Proposez l'argumentation (étape 2) du plan classique pour la question suivante.

Une société sans argent peut-elle exister ? (Autre formulation possible : Que serait une société sans argent ?)

2 Entraînez-vous à la réfutation sur des questions courantes, entre amis ou en famille.

La parité homme femme, la corrida, le travail le dimanche, etc.

3 Construisez un plan dialectique à partir de la question suivante.

La poésie a-t-elle une place dans la société contemporaine ?

4 Pour chaque thèse, trouvez une antithèse argumentée.

a) L'œuvre d'art se caractérise par sa beauté.
b) Les discriminations positives sont une mesure indispensable pour rétablir l'équité.

5 Proposez une synthèse pour la question suivante.

La presse écrite est-elle condamnée ?

FICHE 24

Choisir un plan pragmatique ou journalistique

Si le plan classique est le plus conventionnel dans les discours et la progression dialectique la plus stimulante, il existe d'autres plans pouvant répondre à une question riche d'enjeux. Selon votre sujet, vous pouvez, par exemple, opter pour le plan pragmatique ou le plan journalistique.

1 Le plan pragmatique

- On le nomme aussi plan analytique (à ne pas confondre avec la démarche analytique en dissertation littéraire). Il convient pour traiter les sujets qui invitent à analyser un fait, à réfléchir sur un problème donné. Il ne s'agit plus alors de remettre en cause un point de vue, mais de circonscrire une question.

> **Mot-clé**
>
> L'adjectif *pragmatique* vient du grec *pragma* (le résultat de la *praxis*, « action » en grec). L'attitude pragmatique, souvent opposée aux réflexions abstraites, consiste à identifier les causes d'une situation pour proposer des solutions.

- Ce plan comporte trois étapes :
  - le constat : on présente le phénomène ;
  - les causes : (lointaines/immédiates, conjoncturelles/structurelles, économiques/politiques/sociales) ;
  - les conséquences ou solutions éventuelles.

Ex. : *Comment réagir face au fléau de la drogue aujourd'hui ?*
1. Un constat alarmiste
2. Les causes (psychologiques, sociales)
3. Les solutions (débats sur la dépénalisation, lutte contre les trafiquants, sensibilisation des jeunes)

2 Le plan journalistique

- Cette démarche permet de présenter efficacement une situation, un événement, sans s'interdire de prendre position, notamment en conclusion. Ce plan suit la méthode des 5 W (*what, why, who, when, where*) enseignée dans les écoles de journalisme.
- Ces questions élémentaires sont très utiles pour mettre de l'ordre dans les idées, chercher les causes et réfléchir à des solutions :
  - De qui/quoi s'agit-il ? *(What?)* : le thème de l'exposé ;
  - Pourquoi ? *(Why?)* : l'importance de la question ;

– Qui est concerné ? *(Who?))* : l'impact du phénomène ;
– Quand ? *(When?)* : la période à circonscrire ;
– Où ? *(Where?)* : la ou les zone(s) géographique(s) concernée(s).

- Si ce plan est souvent utilisé en marketing pour faire vendre un produit, ne perdez pas de vue qu'il doit, dans le cadre de l'oral, répondre à une question inscrite dans une problématique et donc proposer une argumentation et non une simple description.

Ex. : L'immigration est-elle une chance pour la France ?
What? : les vagues d'immigration, les chiffres ;
Why? : les débats actuels, la question de l'intégration ;
Who? : les immigrés et les autochtones ;
When? : le passé, le présent, le futur ;
Where? : étude géographique.

ENTRAÎNEMENT

→ *Corrigés p. 151*

1 À partir des questions suivantes, proposez des plans pragmatiques.

a) Que signifie l'expression « chocs pétroliers » ?
b) Pourquoi l'année 1989 marque-t-elle un tournant idéologique dans le siècle ?
c) Pourquoi l'Inde est-elle à la croisée des chemins ?

2 Les agences de presse utilisent la méthode journalistique pour rédiger leurs brèves.
Retrouvez, à travers cette dépêche de l'AFP (30/08/2016), la règle des 5 W.

« Un quart des élèves de 5e seront équipés en tablettes à partir de la rentrée : le plan visant à rattraper le retard de la France dans le numérique éducatif s'installe progressivement, au rythme de la formation des professeurs et de la modernisation des réseaux dans les établissements. »

FICHE 25 Construire un raisonnement

Pour convaincre votre jury, vous devez tenir des propos logiques. Pour cela, même s'il ne s'agit pas de mathématiques, bâtissez un raisonnement solide. Vous pouvez adopter une des quatre démarches qui suivent.

1 Le raisonnement inductif

Le raisonnement inductif part d'un ou de plusieurs faits particuliers pour en déduire une conclusion générale.

Ex. : « Jetez les yeux sur toutes les nations du monde, parcourez toutes les histoires. Parmi tant de cultes inhumains et bizarres, parmi cette prodigieuse diversité de mœurs et de caractères, vous trouverez partout les mêmes idées de justice et d'honnêteté, partout les mêmes notions de bien et de mal. »

Jean-Jacques Rousseau, *Émile*, 1762.

Aristote

(385-322 avant J.-C.)

Philosophe grec, disciple de Platon à l'Académie, il est le fondateur du Lycée. Dans son traité, *Rhétorique*, il présente les 3 piliers de l'art de convaincre : **l'ethos** (la crédibilité du locuteur), **le pathos** (l'impact émotionnel du discours), **le logos** ou raisonnement logique, essentiel pour transmettre ses idées.

2 Le raisonnement déductif

Le raisonnement déductif, à l'inverse du raisonnement inductif, part d'une considération générale pour l'appliquer à un ou plusieurs cas particuliers.

Ex. : Notre planète est en danger et doit être protégée ; toutes les initiatives en ce sens sont les bienvenues qu'il s'agisse du recours aux énergies renouvelables ou de la lutte contre le gaspillage.

Le syllogisme est un raisonnement déductif qui s'appuie sur deux vérités au lieu d'une seule.

3 Le raisonnement par analogie

Le raisonnement par analogie consiste à rapprocher la thèse que l'on veut démontrer d'une autre qui lui ressemble et qui ne fait pas débat.
Plus précisément, l'analogie suppose que l'on rapproche une relation entre deux notions d'une autre relation entre deux autres notions.

Citation

« J'entends par rapport d'analogie tous les cas où le second terme est au premier comme le quatrième au troisième. »

Aristote, *La Poétique*.

Ex. : 1. « *La vieillesse est à la vie ce que le soir est au jour.* » Aristote, *Poétique*.
2. Nous veillons à ce que notre propre maison soit habitable et belle pour tous ses occupants. De la même manière, nous devons veiller à garder notre planète habitable et belle pour tous ses habitants.

4 Le raisonnement par l'absurde

Le raisonnement par l'absurde consiste à réfuter la thèse adverse en en déduisant des conséquences absurdes qui démontrent qu'elle n'est pas fiable.

Ex. : Camus dénonce la peine de mort dans ses *Réflexions sur la guillotine*. Il admet, après l'avoir critiquée, la loi du talion (« *œil pour œil, dent pour dent* ») défendue par ses adversaires et l'utilise pour montrer que la peine de mort, parce qu'elle fixe la date de l'exécution, dépasse le crime lui-même et va, de ce fait, à l'encontre de la loi du talion.

5 Les fragilités des raisonnements

En construisant un raisonnement, vous devez vous assurer qu'il est sans faille. Les raisonnements déductif et inductif peuvent être abusifs quand ils tirent des conclusions qui ne sont pas en rapport direct avec le point de départ. Le raisonnement par analogie ne doit pas non plus rapprocher des situations éloignées.

Ex. : Dans *Le Médecin malgré lui*, Molière, à des fins comiques, abuse du raisonnement par analogie en comparant les médecins aux cordonniers : « Un cordonnier en faisant des souliers ne saurait gâter un morceau de cuir qu'il n'en paie les pots cassés ; mais ici l'on peut gâter un homme sans qu'il en coûte rien. »

ENTRAÎNEMENT

→ *Corrigés p. 151*

1 L'un des deux syllogismes proposés est faux. Expliquez pourquoi.

Syllogisme A

1 : Tous les hommes sont mortels.
2 : Socrate est un homme. → Donc Socrate est mortel.

Syllogisme B

« Tous les chats sont mortels. Socrate est mortel. Donc Socrate est un chat. » (Ionesco, Rhinocéros.)

2 Voir textes pages 68-69

À quel raisonnement chacun des orateurs a-t-il recours ? Lisez les discours à voix haute en mettant en relief la progression logique choisie.

ENTRAÎNEMENT FICHE 25

Textes de l'entraînement 2 (page 67)

Discours A

« Il existe dans notre Code pénal un délit grave, celui de non-assistance à personne en danger. Lorsqu'on est témoin d'une agression dans la rue, on ne peut pas impunément laisser le plus faible seul face au plus fort, tourner le dos et suivre son chemin. En droit international, la non-assistance aux peuples en danger n'est pas encore un délit. Mais c'est une faute morale et politique qui a déjà coûté trop de morts et trop de douleurs à trop de peuples abandonnés, où qu'ils se trouvent sur la carte, pour que nous acceptions, à notre tour, de la commettre. »

François Mitterrand, discours prononcé à Cancún, le 20 octobre 1981.

Discours B

Le brillant avocat Robert Badinter a été nommé garde des Sceaux (ministre de la Justice) par le président François Mitterrand en 1981. Avant de soumettre au vote des députés l'abolition de la peine de mort (363 voix pour et 117 contre), il prononce un célèbre discours que vous pouvez entendre sur le site de l'INA (ina.fr).

« Je sais qu'aujourd'hui et c'est là un problème majeur, certains voient dans la peine de mort une sorte de recours ultime, une forme de défense extrême de la démocratie contre la menace grave que constitue le terrorisme. La guillotine, pensent-ils, protégerait éventuellement la démocratie au lieu de la déshonorer.

Cet argument procède d'une méconnaissance complète de la réalité. En effet l'Histoire montre que s'il est un type de crime qui n'a jamais reculé devant la menace de mort, c'est le crime politique. Et, plus spécifiquement, s'il est un type de femme ou d'homme que la menace de la mort ne saurait faire reculer, c'est bien le terroriste. D'abord, parce qu'il l'affronte au cours de l'action violente ; ensuite parce qu'au fond de lui, il éprouve cette trouble fascination de la violence et de la mort, celle qu'on donne, mais aussi celle qu'on reçoit. Le terrorisme qui, pour moi, est un crime majeur contre la démocratie, et qui, s'il devait se lever dans ce pays, serait réprimé et poursuivi avec toute la fermeté requise, a pour cri de ralliement, quelle que soit l'idéologie qui l'anime, le terrible cri des fascistes de la guerre d'Espagne : « Viva la muerte ! », « Vive la mort ! » Alors, croire qu'on l'arrêtera avec la mort, c'est illusion. »

Robert Badinter, garde des Sceaux,
discours prononcé devant l'Assemblée nationale, le 17 septembre 1981.

Discours C

« Hier, 7 décembre 1941 – date qui restera marquée d'une honte éternelle – les États-Unis d'Amérique ont été l'objet d'une attaque soudaine et préméditée de la part des forces aériennes et navales de l'Empire du Japon.
Les États-Unis étaient en paix avec cette nation et, à la demande du Japon, menaient encore avec son gouvernement et son empereur, des pourparlers en vue du maintien de la paix dans le Pacifique. En fait, une heure après que les escadrilles japonaises eurent commencé à bombarder Oahu, l'ambassadeur du Japon aux États-Unis, et son collègue, transmettaient au Secrétaire d'État une réponse officielle à un récent message américain. Bien que cette réponse affirmât qu'il semblait inutile de poursuivre les négociations diplomatiques en cours, elle ne contenait ni menaces, ni allusions à la guerre ou à une attaque armée.
On se souviendra que la distance entre Hawaï et le Japon montre clairement que cette attaque a été préméditée il y a bien des jours ou même bien des semaines. Pendant ce temps, le gouvernement japonais a délibérément cherché à tromper les États-Unis en faisant de fausses déclarations et en exprimant l'espoir que la paix serait maintenue.
L'attaque d'hier sur les îles Hawaï a infligé de graves dommages aux forces militaires et navales américaines. Un grand nombre d'Américains ont perdu la vie. [...]
Hier, le gouvernement japonais a également déclenché une attaque contre la Malaisie.
La nuit dernière, les forces japonaises ont attaqué Hong-Kong.
La nuit dernière, les forces japonaises ont attaqué Guam.
La nuit dernière, les forces japonaises ont attaqué les îles Philippines.
La nuit dernière, les forces japonaises ont attaqué l'île de Wake.
Ce matin, les Japonais ont attaqué l'île de Midway.
Le Japon a donc déclenché, par surprise, une offensive qui s'étend à toute la région du Pacifique. [...]
En ma qualité de commandant en chef de l'armée et de la marine, j'ai donné l'ordre de prendre toutes les mesures nécessaires à notre défense. Nous nous souviendrons toujours de la nature de l'agression qui a été commise contre nous.
Peu importe le temps qu'il nous faudra pour refouler cette invasion préméditée ; le peuple américain, fort de son droit, se fraiera un chemin jusqu'à la victoire totale.
Je crois être l'interprète de la volonté du Congrès et du peuple en déclarant que, non seulement, nous nous défendrons jusqu'à l'extrême limite de nos forces mais que nous agirons de façon à être bien sûrs que la menace d'une attaque brusquée de ce genre ne pèsera plus jamais sur nous.
[...]
Confiants en nos forces armées, nous remporterons l'inévitable triomphe grâce à la résolution inébranlable de notre peuple. Et que Dieu nous aide !
Je demande au Congrès de déclarer que depuis l'attentat commis par le Japon le 7 décembre, attentat que rien ne justifie, les États-Unis se trouvent en guerre avec l'Empire du Japon. »

Franklin D. Roosevelt, président américain,
discours prononcé le 8 décembre 1941 au Congrès des États-Unis.

FICHE 26

Soigner les articulations et les transitions

Pour exprimer et souligner la progression de vos raisonnements et de vos argumentations, vous devez soigner les articulations et les transitions. Il est important de marquer nettement les différentes étapes de votre discours (exposé ou réponse) afin d'en éclairer la logique.

1 Une progression marquée

Votre exposé et vos réponses doivent être aisément compris ; vous éviterez donc les subtilités et le recours à l'implicite qui sont appréciés à l'écrit mais qui risquent de nuire à la clarté de vos propos à l'oral. N'hésitez pas à marquer nettement les articulations de votre progression : *tout d'abord, dans un premier temps, en premier lieu, ensuite, après avoir montré que, enfin…* Vous pouvez aussi prévoir un bref silence avant d'aborder un nouveau point.

2 L'importance des transitions

À l'oral, comme à l'écrit, les transitions entre les étapes de votre démonstration sont indispensables. Elles donnent de la souplesse à votre discours tout en soulignant sa cohérence. Elles jouent en effet plusieurs rôles :
– elles dressent un bilan de ce qui vient d'être présenté ;
– elles annoncent de façon synthétique ce qui va suivre ;
– elles expriment un lien logique (parallélisme, cause, opposition…) entre les étapes de votre propos.

Ex. : Ainsi, la découverte du vaccin contre la rage a permis de protéger les hommes contre une maladie répandue et de réduire, de ce fait, sa propagation. [Bilan] Mais le champ d'application de cette découverte est beaucoup plus large. Les travaux de Pasteur et de ses prédécesseurs ont ouvert une nouvelle ère dans le domaine médical. [Annonce de la suite]

3 Le recours aux connecteurs logiques

Utilisez des connecteurs logiques pour exprimer votre raisonnement en veillant à bien les choisir. Pensez aussi à varier les termes employés, sauf si vous choisissez délibérément la répétition pour marquer la progression de votre discours.

Rapport logique	Connecteurs logiques
Ajouter une nouvelle idée, un nouvel argument.	*Et ; de plus ; en outre ; par ailleurs…*
Ajouter une nouvelle idée, un nouvel argument en établissant une comparaison ou un rapprochement.	*D'une part/d'autre part ; de même ; de la même manière ; également ; aussi…*
Ajouter une nouvelle idée, un nouvel argument avec une gradation.	*De surcroît ; non seulement… mais encore ; en outre…*
Introduire une cause, une explication.	*Car ; en effet ; grâce à ; en raison de ; étant donné (que) ; parce que ; puisque ; comme ; dans la mesure où…*
Introduire la conséquence, l'effet d'une situation.	*Donc ; par conséquent ; en conséquence ; ainsi ; alors ; dès lors ; de sorte que ; si bien que ; au point de ; si… que ; c'est pourquoi…*
Introduire une intention, la finalité d'une action.	*Pour ; dans le but de ; en vue de ; afin de ; afin que ; pour que ; de crainte de…*
Exprimer une opposition.	*Mais ; cependant ; toutefois ; pourtant ; non pas… néanmoins ; en revanche ; or ; malgré ; en dépit de ; quoique ; bien que ; alors que ; tandis que…*

Ex. : « En fait, la Négritude n'est pas essentiellement de l'ordre biologique. […] ***En effet***, il suffit de s'interroger sur le commun dénominateur qui réunit, ici à Miami, les participants à ce congrès pour s'apercevoir que ce qu'ils ont en commun, c'est ***non pas*** forcément une couleur de peau, ***mais*** le fait qu'ils se rattachent d'une manière ou d'une autre à des groupes humains qui ont subi les pires violences de l'Histoire […]. »

Aimé Césaire, *Contribution sur la Négritude à l'occasion de la première Conférence des peuples noirs de la diaspora*, à Miami, le 26 février 1987.

ENTRAÎNEMENT

→ *Corrigés p. 151*

1 Voir textes page 72 – Discours A et B

Lisez à voix haute les extraits proposés en mettant en relief leur structure (mots en gras).

2 Voir texte page 73 – Discours C

Lisez à voix haute l'extrait proposé en mettant en relief la comparaison (mots en gras).

3 Voir texte page 73 – Discours D

Repérez dans l'extrait proposé les deux phrases-clés qui assurent la transition. Lisez à voix haute le texte en les mettant en relief.

ENTRAÎNEMENT FICHE 26

Textes de l'entraînement 1 2 3 (page 71)

Discours A

« Ayons le courage de mettre les choses à plat. **Il y a deux options** : **l'option de la guerre** peut apparaître *a priori* la plus rapide. Mais n'oublions pas qu'après avoir gagné la guerre, il faut construire la paix. Et ne nous voilons pas la face : cela sera long et difficile, car il faudra préserver l'unité de l'Irak, rétablir de manière durable la stabilité dans un pays et une région durement affectés par l'intrusion de la force. Face à de telles perspectives, **il y a une autre option** offerte par les inspections, qui permet d'avancer de jour en jour dans la voie d'un désarmement efficace et pacifique de l'Irak. »

Dominique de Villepin, discours devant le Conseil de sécurité des Nations unies, à New York, le 14 février 2003.

Discours B

« La gloire,

Messieurs,

frappe de rayons bien inégaux ceux que vous distinguez. J'aurais mauvaise grâce à m'étonner de ces variations qui vous sont parfois reprochées puisque c'est à elles que je dois d'abord d'être aujourd'hui parmi vous. Valincour succède à Racine, Gros de Boze à Fénelon et Châteaubrun à Montesquieu. **Voilà que**, fidèle sans doute à l'esprit d'alternance de ces exercices en dents de scie, j'occupe **à mon tour** le fauteuil de Jules Romains. Je pourrais poursuivre longtemps cet exercice traditionnel et liminaire de la *Deprecatio*[1] chère aux Anciens et de l'humilité plus ou moins feinte. Je m'en abstiendrai pour trois raisons : **la première** est que les traditions sont faites, à mes yeux, et d'une façon indissoluble, à la fois pour être maintenues et pour être bousculées. **La deuxième** est qu'il n'y a pas de honte à être inférieur à Jules Romains parce que Jules Romains était de toute évidence un de ces géants dont nous cherchons en vain, de nos jours, autour de nous, les successeurs et les jeunes émules[2]. **La troisième enfin,** est que notre tâche est tellement immense que je voudrais me hâter de délaisser les politesses et les bagatelles cérémonieuses du seuil pour aborder sans retard tout ce qui fait le sel, la force, la dignité de l'aventure humaine et qu'illustre avec tant d'éclat le grand nom de Jules Romains :

une pensée et une œuvre qui s'insèrent dans l'histoire, qui la traduisent et l'expriment, et qui, en revanche, la modifient. **Car** le propre du grand créateur est sans doute d'abord d'inscrire dans son temps. **Mais aussi, et peut-être surtout,** de le marquer à son tour et de le transformer. »

Jean d'Ormesson, discours de réception de à l'Académie française, le 6 juin 1974.

1. ***Depreciatio*** : exercice de rhétorique qui consiste à dévaloriser, à déprécier une personne ou soi-même.
2. **émules** : personnes qui tentent d'égaler quelqu'un.

Discours C

« **Comme** dans le monde réel, le créateur doit pouvoir se concentrer sur sa création (et non sur la maîtrise technique de son outil). Il s'agit pour cela de rendre les outils de création numérique « transparents » pour leur utilisateur. **Faisons une analogie avec** le cinéma : un spectateur ne se demande plus ce qui est réel ou virtuel lorsqu'il est plongé dans un film comme *Avatar* : il est emporté par l'histoire... **De même**, les créateurs de contenus 3D devraient pouvoir créer sans avoir à se soucier de l'outil, comme s'il s'agissait d'un simple prolongement de leurs doigts. »

Marie-Paule Cani, *Façonner l'imaginaire : de la création numérique 3D aux mondes virtuels animés*, leçon inaugurale au Collège de France, 12 février 2015 (texte accessible sur le site du Collège de France).

Discours D

« C'est dire que la Négritude au premier degré peut se définir d'abord comme prise de conscience de la différence, comme mémoire, comme fidélité et comme solidarité.
Mais la Négritude n'est pas seulement passive.
Elle n'est pas de l'ordre du pâtir et du subir.
Ce n'est ni un pathétisme ni un dolorisme.
La Négritude résulte d'une attitude active et offensive de l'esprit.
Elle est sursaut, et sursaut de dignité.
Elle est refus, je veux dire refus de l'oppression.
Elle est combat, c'est-à-dire combat contre l'inégalité.
Elle est aussi révolte. Mais alors, me direz-vous révolte contre quoi ? »

Aimé Césaire, *Contribution sur la Négritude* à l'occasion de la première Conférence des peuples noirs de la diaspora, à Miami, le 26 février 1987.

FICHE 27

Diversifier les arguments

Quel que soit le thème de votre exposé et quelles que soient les spécialités auxquelles il se rattache, vous devrez étayer votre réflexion en présentant différents arguments. N'hésitez pas à recourir à des stratégies variées. Vous en retiendrez certaines pour votre exposé et pourrez en utiliser d'autres en réponse aux questions qui vous seront posées.

1 Argumentations directe et indirecte

- Vous avez étudié en français les deux grandes stratégies argumentatives employées par les écrivains pour défendre leurs idées : l'argumentation directe consiste à exposer sans détour la thèse et les arguments qui la soutiennent tandis que l'argumentation indirecte a recours à une fiction.
- Pour l'oral de Terminale, vous privilégierez bien entendu l'argumentation directe mais rien ne vous empêche de recourir à un récit pour enrichir votre analyse. Il pourra notamment s'agir d'un exemple illustrant votre propos.

2 Les différents types d'arguments logiques

Pour défendre votre point de vue, pensez à examiner d'autres domaines (économique, culturel, de valeur…) que celui auquel se rattache votre thème d'étude.

Ex. : Ainsi, pour défendre une innovation scientifique dans le domaine environnemental par exemple, ne vous contentez pas d'évoquer la nécessité de protéger notre planète (argument de valeur).

- Argument économique : les énergies fossiles devenant rares, il est essentiel de trouver des ressources pérennes qui ne grèveront pas le budget des États ou des particuliers.
- Argument politique : les hommes politiques doivent soutenir les innovations dans le domaine des énergies renouvelables car leur électorat y est de plus en plus sensible.
- Argument d'expérience : le parc de centrales photovoltaïques de la Colle des Mées dans les Alpes-de-Haute-Provence alimente près de 12 000 foyers. Il ne porte pas atteinte à l'agriculture et le recyclage des panneaux a été prévu dès la conception du site.
- Argument culturel : le recours aux énergies renouvelables est très ancien. Une machine à eau est représentée sur un bas-relief du IIIe siècle trouvé en Turquie. Les moulins à eau puis à vent se développent au Moyen Âge.

3 L'argument d'autorité

Pour convaincre votre auditoire, vous pouvez aussi recourir, en marge de la logique de votre raisonnement, à un argument d'autorité en vous référant à une personnalité qui inspire confiance. Appuyez-vous sur des spécialistes reconnus, citez leurs propos **(voir fiche 52)** pour soutenir votre démonstration. Mais ne multipliez pas les références et choisissez-les de façon pertinente.

Citation

Molière se moque de ceux qui abusent de l'argument d'autorité en faisant parler Lysidas qui s'en prend à *L'École des femmes*. « Ceux qui possèdent Aristote et Horace voient d'abord, Madame, que cette comédie pèche contre toutes les règles de l'art. »

Molière, *La Critique de L'École des femmes*, 1663.

4 L'argument *ad hominem*

Pour réfuter la thèse adverse, l'orateur discrédite la personne qui la défend. N'abusez pas de cet argument qui ne concerne pas directement la position que vous voulez défendre et rabaisse le débat.

Ex. : Pour critiquer le traité de Rousseau, *Émile ou De l'Éducation*, Voltaire s'en prend à son auteur en écrivant dans une lettre datée de 1766 que le philosophe a abandonné ses propres enfants « pour s'attacher à l'éducation du seigneur Émile ».

ENTRAÎNEMENT

1 Voir texte A page 76

Lisez à voix haute l'extrait proposé pour mettre en relief les trois arguments (trois paragraphes) que Victor Hugo utilise pour critiquer la peine de mort.

2 **Expliquez oralement à un camarade que chacun de ces arguments appartient à un domaine différent.**

3 Voir texte B page 77

Repérez oralement les trois arguments que Gustave Eiffel oppose aux artistes qui protestent contre l'érection de sa tour.

4 **Sur une ou plusieurs des thèses suivantes, entraînez-vous à présenter deux arguments de nature différente.**

Pour/contre l'énergie nucléaire
Pour/contre le port de l'uniforme au lycée
Pour/contre le vote obligatoire

ENTRAÎNEMENT FICHE 27

Textes de l'entraînement 1 3 (page 75)

Texte A

« Or, flétrissure[1], bagne, peine de mort, trois choses qui se tiennent. Vous avez supprimé la flétrissure ; si vous êtes logiques, supprimez le reste. Le fer rouge, le boulet et le couperet, c'étaient les trois parties d'un syllogisme[2]. Vous avez ôté le fer rouge, le boulet et le couperet n'ont plus de sens. Farinace[3] était atroce ; mais il n'était pas absurde. [...]

Messieurs, il se coupe trop de têtes par an en France. Puisque vous êtes en train de faire des économies, faites-en là-dessus. Puisque vous êtes en verve[4] de suppressions, supprimez le bourreau. Avec la solde de vos quatre-vingts bourreaux, vous paierez six cents maîtres d'école. [...]

La tête de l'homme du peuple, voilà la question. Cette tête est pleine de germes utiles. Employez pour la faire mûrir et venir à bien ce qu'il y a de plus lumineux et mieux tempéré dans la vertu. Tel a assassiné sur les grandes routes qui, mieux dirigé, eût été le plus excellent serviteur de la cité. Cette tête de l'homme du peuple, cultivez-la, défrichez-la, arrosez-la, fécondez-la, éclairez-la, moralisez-la, utilisez-la ; vous n'aurez pas besoin de la couper. »

Victor Hugo, *Claude Gueux*, 1834.

1. **flétrissure :** marque au fer rouge appliquée sur certains condamnés pour afficher leur crime.
2. **syllogisme :** raisonnement constitué de trois propositions ;la troisième découlant du rapprochement des deux premières.
3. **Farinace :** juge et juriste italien (1554-1613) ; il était très sévère mais il proposa un système judiciaire cohérent.
4. **en verve :** tenté par l'abondance.

Texte B

« Quels sont les motifs que donnent les artistes pour protester contre le maintien de la tour ? Qu'elle est inutile, monstrueuse ! Que c'est une horreur ! Nous parlerons de l'utilité tout à l'heure. Ne nous occupons, pour le moment, que du mérite esthétique, sur lequel les artistes sont plus particulièrement compétents. Je voudrais bien savoir sur quoi ils fondent leur jugement. Car, remarquez-le, monsieur, ma tour, personne ne l'a vue et personne, avant qu'elle ne soit construite, ne pourrait dire ce qu'elle sera. On ne la connaît jusqu'à présent que par un dessin géométral[1] qui a été tiré à des centaines de mille exemplaires. Depuis quand apprécie-t-on un monument du point de vue de l'art sur un dessin géométral ?

Et si ma tour, quand elle sera construite, au lieu d'une horreur, était une belle chose, les artistes ne regretteraient-ils pas d'être partis si vite et si légèrement en campagne contre la conservation d'un monument qui est encore à construire ? Qu'ils attendent donc de l'avoir vue.

Je vous dirai toute ma pensée et toutes mes espérances. Je crois, moi, que ma tour sera belle. Parce que nous sommes des ingénieurs, croit-on donc que la beauté ne nous préoccupe pas dans nos constructions et qu'en même temps que nous faisons solide et durable nous ne nous efforçons pas de faire élégant ? Est-ce que les véritables conditions de la force ne sont pas toujours conformes aux conditions secrètes de l'harmonie ? Le premier principe de l'esthétique architecturale est que les lignes essentielles d'un monument soient déterminées par la parfaite appropriation[2] à sa destination. De quelle condition ai-je eu, avant tout, à tenir compte dans ma tour ? De la résistance au vent. Eh bien, je prétends que les courbes des quatre arêtes du monument telles que le calcul me les a fournies, donneront une impression de beauté, car elles traduiront aux yeux la hardiesse de ma conception.

Il y a du reste dans le colossal une attraction, un charme propre auxquels les théories d'art ordinaires ne sont guère applicables. Soutiendra-t-on que c'est par leur valeur artistique que les pyramides ont si fortement frappé l'imagination des hommes ? Qu'est-ce autre chose, après tout, que des monticules artificiels ? Et pourtant quel est le visiteur qui reste froid en leur présence ? Qui n'en est pas revenu rempli d'une irrésistible admiration ? Et où est la source de cette admiration, sinon dans l'immensité de l'effort et dans la grandeur du résultat ? Ma tour sera le plus haut édifice qu'aient jamais élevé les hommes. Ne sera-t-elle donc pas grandiose aussi à sa façon ? Et pourquoi ce qui est admirable en Égypte deviendrait-il hideux et ridicule à Paris ? Je cherche et j'avoue que je ne trouve pas. »

Réponse de Gustave Eiffel à la protestation des artistes, *Le Temps*, 14 février 1887.

---

1. **géométral** : qui indique les formes et dimensions exactes d'un objet sans tenir compte de la perspective.
2. **appropriation** : adaptation à un usage précis.

FICHE 28

Illustrer son propos avec des exemples

Pour ancrer votre propos dans la réalité et pour étayer vos arguments, vous devez vous appuyer sur des exemples. Bien choisis et variés, vos exemples rendront plus accessibles votre raisonnement ; ils joueront un rôle argumentatif et/ou toucheront votre auditoire.

1 La recherche des exemples

- N'attendez pas d'avoir réuni vos arguments et bâti une progression logique pour chercher des exemples. Dans les documents des spécialistes (ouvrages, revues, sites) que vous consultez, relevez les faits qui éclairent votre réflexion. Diversifiez autant que possible les sources mais n'inventez rien.

L'expérience partagée

Élargissez votre recherche en rencontrant des chercheurs, des ingénieurs, des praticiens qui pourront partager leur expérience et vous fournir des exemples.

- Pensez aussi aux romans et aux films qui peuvent illustrer votre réflexion, à condition que ceux-ci soient dignes d'intérêt bien entendu. Ce sont les seuls exemples fictifs sur lesquels vous pourrez vous appuyer et vous n'en abuserez pas sauf pour un sujet littéraire.

Ex. : Pour traiter le thème problématique du clonage, vous pouvez notamment utiliser les exemples suivants.
- Dolly : en 1996, deux chercheurs écossais, Ian Wilmut et Keith Campbell, effectuent une manipulation génétique à partir de cellules issues d'une glande mammaire d'une brebis adulte, pour donner naissance à Dolly, une brebis viable mais qui vieillira très vite.
- *Auprès de moi toujours* (2005), le roman du prix Nobel de littérature britannique 2017, Kasuo Ishiguro, évoque les dangers du clonage humain. Le réalisateur Mark Romanek a adapté ce roman en 2010.

2 Le choix des exemples : une bonne compréhension de leur rôle

- Lorsque vous choisissez un exemple, interrogez-vous sur son efficacité, sur son rôle dans votre démonstration et variez les visées.
- Une visée argumentative : l'exemple a force d'argument ; il prouve par l'expérience ou par une référence à une personnalité reconnue (argument d'autorité, **voir fiche 27**) que votre argumentation est solide.

- Une visée pédagogique : l'exemple rend accessible, concret, votre propos. Pensez que les membres de votre jury ne connaissent pas nécessairement le thème que vous traitez.
- Une visée émotionnelle : suscitant le rire, l'empathie ou la compassion, un exemple peut faciliter l'adhésion de votre auditoire.

3 Le choix des exemples : pertinence et diversité

- Vous ne présenterez pas dans votre exposé tous les exemples que vous avez pu réunir car, dans le temps imparti, ils risqueraient de noyer votre argumentation. Sélectionnez-les avec soin en gardant de côté certains d'entre eux pour nourrir si nécessaire l'entretien.

Attention !

- Si un exemple nécessite de longues explications ou une contextualisation délicate, il est préférable de l'écarter.
- Il vaut mieux retenir quelques faits significatifs pour les analyser plutôt que de dresser une liste de cas particuliers sans les commenter.

- Les questions qui suivent peuvent guider votre choix.
  – Mon exemple est-il pertinent ? Vient-il bien soutenir mon argument ?
  – Est-il simple et clair, percutant ?
  – Ai-je bien précisé (références, données chiffrées...) la situation ?
  – Comment vais-je analyser mon exemple ? Quelle(s) conclusion(s) en tirer ?
  – Ai-je suffisamment varié mes exemples (visée, domaine, époque...) ?
  – Ai-je bien équilibré la place accordée au développement de l'argument et celle consacrée à l'exemple ?
  – Ai-je bien réparti mes exemples au fil de mon propos ?

PARTIE I DE L'ÉPREUVE

ENTRAÎNEMENT

1 Choisissez un des exemples suivants et imaginez le thème ou l'argument qu'il pourrait illustrer.

– En 1948, George Orwell écrit *1984*, un roman qui sera publié en 1949.
– La jeune Pakistanaise Malala Yousafzai obtient le prix Nobel de la paix en 2014. Elle a 17 ans.
– En 2019, en Inde, une femme de 74 ans donne naissance à des jumelles grâce à une fécondation *in vitro*.

2 Notez trois exemples variés pour illustrer le sujet que vous avez choisi pour votre oral. Documentez-vous et expliquez à haute voix à l'un de vos camarades quels aspects de votre étude ils peuvent illustrer.

FICHE 29

Réussir l'introduction

L'introduction est un moment essentiel du discours. Les premiers mots prononcés ont un impact décisif sur l'auditoire. Aussi convient-il de la travailler avec soin, de la lire et de la relire, de la mémoriser.

1 Les trois étapes de l'introduction

L'introduction s'organise en trois temps :
- l'exorde ;
- l'énoncé du sujet ;
- l'annonce du plan.

2 L'exorde

- Au début de la prise de parole, il s'agit de capter l'attention de l'auditoire, de marquer les esprits. Plusieurs possibilités s'offrent à vous.
- Un appel à l'auditoire.

  Ex. : « Mes amis, au secours… »,
  Abbé Pierre, *Appel de l'hiver 1954*.

- Un exorde ex abrupto : vous commencez par une phrase d'accroche à forte résonance, qui surprend, un coup de tonnerre (effet dont vous n'abuserez pas !).

  Ex. : « *Quousque tandem abutere, Catilina, patientia nostra ?* » (Jusques à quand enfin, Catilina, abuseras-tu de notre patience ?)
  Cicéron, première *Catilinaire*, 63 av. J.-C.

Définition

Du latin *exordium*, qui signifie « commencement », notamment pour un discours, l'exorde désigne l'entrée en matière.

À savoir

La conjuration de Catilina est un complot qui vise la prise de pouvoir de Rome en 63 av. J.-C. Le consul Cicéron dénonce Catilina au Sénat.

- Une phrase solennelle qui prépare l'auditoire.

  Ex. : « Il est, dans la vie d'une nation, des moments qui blessent la mémoire, et l'idée que l'on se fait de son pays. »
  Discours prononcé par le président de la République Jacques Chirac, le 16 juillet 1995, lors des commémorations de la rafle du Vel'd'Hiv'.

- Un rappel narratif : l'exposé s'ouvre sur un récit qui capte l'attention.

Ex. : « Il était environ onze heures ce vendredi 23 mars 2018, lorsque le lieutenant-colonel Arnaud Beltrame s'est présenté avec ses hommes devant la grande surface de Trèbes dans l'Aude. »

Discours du président de la République Emmanuel Macron en hommage au lieutenant-colonel Arnaud Beltrame, prononcé le 28 mars 2018.

3 L'énoncé du sujet

La deuxième étape de l'introduction présente le sujet et la problématique abordée. Vous devez justifier le choix de votre question sans empiéter toutefois sur la seconde partie de l'entretien.

Ex. : « Nous nous interrogerons sur le lien entre tradition et modernité en architecture. Faut-il pour être moderne s'être libéré de la tradition ? Cette question croisant technique et arts nous a paru correspondre à notre projet d'une recherche scientifique humaniste. »

Je ou nous ?

Vous pouvez choisir la première personne du pluriel (*nous* dit « de majesté ») pour donner plus de solennité à votre exposé mais le *je*, plus personnel et intime, convient également.
Lors de l'entretien, vous éviterez le *nous* qui apparaîtrait pompeux et décalé.

4 L'annonce du plan

En dernier lieu, vous indiquez avec clarté les différentes étapes de l'exposé.

Ex. : « J'organiserai mon intervention autour de trois points : d'abord, pourquoi sommes-nous là ? Ensuite, qu'allons-nous faire de l'unité ? Enfin, comment le faire ? »

Discours prononcé par François Mitterrand au congrès d'Épinay, le 13 juin 1971.

ENTRAÎNEMENT

→ *Corrigés p. 152*

1 Voir textes pages 82-83

Qualifiez ces types d'exordes célèbres en repérant les procédés employés. Lisez-les ensuite à haute voix.

2 Proposez une annonce du plan correspondant au sujet suivant.

Quel lien existe-t-il entre tradition et modernité dans l'architecture contemporaine ?

3 Mémorisez l'introduction de votre exposé et présentez-la à vos proches.

ENTRAÎNEMENT FICHE 29

Textes de l'entraînement 1 (page 81)

Exorde A

« Je ne suis pas, Messieurs, de ceux qui croient qu'on peut supprimer la souffrance en ce monde ; la souffrance est une loi divine ; mais je suis de ceux qui pensent et qui affirment qu'on peut détruire la misère. »

Discours à l'Assemblée nationale législative prononcé par Victor Hugo, le 9 juillet 1849.

Exorde B

« Je vous ai compris ! »

Discours du général de Gaulle au Forum d'Alger, prononcé le 4 juin 1958.

Exorde C

« Je remercie le Gouvernement hellénique de m'avoir convié à parler ici ce soir. C'est un grand honneur que de parler devant l'Acropole, même au nom de la France ; mais au nom de la France, c'est un grand honneur fraternel. »

Discours prononcé à Athènes le 28 mai 1959 par André Malraux, ministre d'État chargé des affaires culturelles.

Exorde D

« Le moment est venu de donner au vieux monde cet avertissement : il faut être un nouveau monde. Le moment est venu de faire remarquer à l'Europe qu'elle a à côté d'elle l'Afrique. Le moment est venu de dire aux quatre nations d'où sort l'histoire moderne, la Grèce, l'Italie, l'Espagne, la France, qu'elles sont toujours là, que leur mission s'est modifiée sans se transformer [...].

Discours sur l'Afrique prononcé par Victor Hugo le 18 mai 1879.

Exorde E

« Vieille Garde, je me sépare de vous, je vous fais mes adieux. Je vous ai toujours trouvés sur le chemin de la gloire ; vous n'avez jamais quitté le chemin de l'honneur. Je suis content de vous. »

« Adieux de Fontainebleau à la vieille Garde » prononcés par Napoléon Bonaparte, le 20 avril 1814.

Exorde F

« Il est profondément humiliant et honteux pour nous que je sois ce soir, dans l'enceinte de cette grande université, dans cette ville sacrée, obligé de m'adresser à mes concitoyens dans une langue qui m'est étrangère. »

Discours de Bénarès prononcé par Gandhi le 4 février 1916.

Exorde G

« Celui qui fait métier de la recherche entretient le doute et connaît les incertitudes. L'étroitesse d'une spécialité lui fait, chaque jour plus clairement, discerner ses limites. Comment peut-il alors solliciter le privilège d'enseigner dans cette Maison où se sont illustrés tant d'esprits accomplis ? La réponse, ce sont l'origine, la tradition, la nature même du Collège de France qui l'apportent. »

Leçon inaugurale prononcée au Collège de France
le 7 mai 1965 par François Jacob.

Exorde H

« Monsieur,
Cher Alain Finkielkraut,
Il y a tout à parier que ce jour restera marqué d'une croix blanche dans les annales de votre vie. Non à cause de l'émotion que nous avons tous connue en descendant cet escalier, sanglés pour la première fois dans notre costume, au son des tambours et sous les sabres de la Garde républicaine. Non. Pour une raison particulière et qui n'appartient qu'à vous : pendant une heure, vous allez devoir m'écouter sans m'interrompre ! »

Réponse de M. Pierre Nora au discours de M. Alain Finkielkraut
prononcé à l'Académie française le 28 janvier 2016.

Exorde I

« Si quelqu'un m'avait naguère prédit que le jour viendrait où je prononcerais sous la Coupole, et en costume d'apparat, le discours annuel sur la vertu, j'aurais trouvé l'idée incongrue voire offensante, et j'aurais répondu, en haussant les épaules, que, même teintée d'ironie ou de malice, l'édification n'était pas mon fort. »

« Discours sur la vertu » clôturant la séance annuelle de l'Académie française
prononcé par Alain Finkielraut le 27 décembre 2019.

Exorde J

« Monsieur le président, Mesdames de la cour, Mesdames et Messieurs les jurés.
Maintenant, il faut que vous m'écoutiez parce que vous allez tout à l'heure prendre une décision grave. Elle est grave pour la justice. Elle est grave, bien sûr, pour Véronique Courjault. Elle est grave pour ses enfants, son mari, et elle est grave enfin, pour notre société. »

Plaidoirie de Maître Henri Leclerc, avocat de Véronique Courjault,
le 18 juin 2009, devant la cour d'assises de l'Indre-et-Loire.

Exorde K

Les pauvres sont de grands hommes. Ils peuvent nous apprendre tant de belles choses. »

Discours prononcé par Mère Teresa pour le prix Nobel de la paix
le 11 décembre 1979.

FICHE 30

Réussir la conclusion

La conclusion est bien sûr une étape décisive qui doit marquer les esprits et entraîner l'adhésion. Travaillez la rédaction, les effets de style, lisez votre texte à voix haute et mémorisez-le.

1 Les deux étapes de la conclusion

La conclusion, ou péroraison, se présente en deux temps :
- le rappel de la position défendue : la synthèse ;
- l'ouverture : une nouvelle problématique qui découle de la prise de position adoptée.

Définition

La péroraison est à l'origine un terme de rhétorique qui désigne la dernière partie d'un discours dans le cadre de l'éloquence religieuse ou judiciaire.

2 La synthèse

- Si on considère l'ensemble de l'exposé, on voit que la synthèse des idées exposées fait écho à la présentation du plan dans l'introduction.

Conseil

Commencez votre conclusion par *Ainsi* plutôt que par *En conclusion* ou *Pour conclure* qui sont beaucoup plus lourds.

Introduction
Présentation en deux temps | Annonce du plan

Conclusion
Synthèse | Ouverture

- Dans la conclusion, vous devez d'abord rappeler brièvement les idées principales de votre exposé et réaffirmer votre opinion. Attention à ne pas réduire cette première étape à un résumé. Il faut plutôt souligner la logique de la progression. Une phrase peut suffire à retracer le cheminement intellectuel de la démonstration.

Ex. : « Ainsi la démocratie grecque nous a, malgré ses limites, ouvert la voie ; il nous appartient maintenant d'élargir et de conforter les bases de ce mode de gouvernement. »

3 L'ouverture

- L'ouverture peut se faire sur des perspectives d'avenir, sur un contexte géographique élargi, ou bien sous la forme d'une nouvelle problématique.

Conseil

Pensez à l'entretien qui va suivre : évoquez une perspective sur laquelle vous aimeriez être interrogé(e) et évitez surtout toute allusion à un domaine que vous maîtrisez mal.

- La **dernière phrase**, ample ou brève, sera particulièrement **travaillée**. Une question, une citation sont possibles, à condition d'être pertinentes.
- Vous pouvez donner de l'ampleur à votre ouverture en recourant par exemple à une **énumération**.

Ex. : « Oui, pères conscrits, c'est votre sort que vous allez décider aujourd'hui ; c'est le sort du peuple romain, de vos femmes et de vos enfants, de vos autels et de vos foyers, des temples sacrés, de la ville, de l'empire, de la liberté, de l'Italie, de la république entière. Prononcez donc avec cette fermeté qui a signalé vos premières délibérations. Vous avez un consul qui ne craindra pas d'exécuter vos arrêts, qui les défendra toute sa vie, et qui en accepte pour toujours la glorieuse responsabilité. »

Cicéron, péroraison de la quatrième *Catilinaire*, 63 av. J.-C.

- Vous pouvez aussi choisir une **formule percutante**, créant la surprise, générant l'émotion, emportant la conviction.

Ex. : « Soyez insatiables. Soyez fous. »

Steve Jobs, discours à l'université de Stanford, prononcé devant les étudiants de l'université américaine le 12 juin 2005.

ENTRAÎNEMENT

→ *Corrigés p. 152*

1 Lisez à haute voix la péroraison du discours de Malraux ci-dessous. En quoi est-elle pathétique ?

« Aujourd'hui, Jeunesse, puisses-tu penser à cet homme comme tu aurais approché tes mains de sa pauvre face informe du dernier jour, de ses lèvres qui n'avaient pas parlé. Ce jour-là, elle était le visage de la France. »

André Malraux, discours du transfert des cendres de Jean Moulin au Panthéon, le 19 décembre 1964.

2 À quelle question pourrait répondre la dernière phrase de la conclusion suivante ?

« La beauté sera CONVULSIVE ou ne sera pas. » André Breton, *Nadja*, 1928.

3 Lisez à haute voix et commentez la péroraison du discours de Napoléon Ier lors de la bataille d'Austerlitz, le 2 décembre 1805.

« Soldats, lorsque tout ce qui est nécessaire pour assurer le bonheur et la prospérité de notre patrie sera accompli, je vous ramènerai en France ; là vous serez l'objet de mes plus tendres sollicitudes. Mon peuple vous reverra avec joie, et il vous suffira de dire : "J'étais à la bataille d'Austerlitz" pour que l'on réponde, "Voilà un brave". »

FICHE 31 Mémoriser l'exposé

Votre exposé est solidement construit et clairement rédigé. Entraînez-vous à le présenter à l'oral en travaillant la posture, la gestuelle. Cet entraînement donnera toute son efficacité à l'étape essentielle de la mémorisation. Il la facilitera et la libérera.

> **Définition**
> La mémoire, *memoria*, est le cinquième principe de la rhétorique traditionnelle retenue par Cicéron dans son ouvrage *De oratore*.

1 Que faut-il mémoriser ?

- Dans le temps de préparation (20 minutes), vous avez rassemblé vos idées et restitué l'architecture de votre exposé. Vous pourrez disposer de vos notes durant l'exposé mais vous devrez éviter de les lire. Pour que votre présentation soit dense (5 minutes !) et fluide, il est préférable de l'avoir formulée et mémorisée auparavant.
- Dans un premier temps, vous mémoriserez l'introduction de l'exposé puis le plan et les titres de chaque partie, enfin la conclusion.
- Vous retiendrez ensuite la ligne directrice de chaque partie et les grandes idées qui les nourrissent.
- Vous vous attacherez enfin au développement détaillé de l'argumentation en tentant de le restituer de manière expressive. Retenez les mots de liaison qui marquent les étapes du raisonnement et facilitent la fluidité du discours. Soyez attentif(ve) à la parfaite restitution des citations.
- En présentant votre exposé, il faut absolument éviter de donner l'impression d'une récitation. Pour se libérer d'un discours oral appris par cœur, il convient de travailler la voix, les attitudes, la mélodie de l'élocution.

> **Hésiode**
> Avec le poète grec Hésiode (VIIIe siècle av. J.-C.), la mémoire est déifiée : Mnémosyne, fille d'Ouranos (le Ciel) et de Gaïa (la Terre), unie à Zeus donna naissance aux neuf Muses. La mémoire permet l'accès au passé dans une civilisation qui est d'abord orale et qui reste marquée par l'oralité après le passage à l'écriture. C'est du nom « Mnémosyne » que sont dérivés les mots relatifs à la mémoire (*mémoire, mnémotechnique, amnésie*).

2 Comment y parvenir ?

- Pour mémoriser votre exposé, retenez différents procédés plus simples. L'utilisation combinée de plusieurs de ces méthodes est bien sûr possible et souvent très utile !

- La mémoire visuelle. La répétition reste le principe de base. Il faut lire et relire, réviser plusieurs fois la même fiche.
  Vos fiches seront claires et aérées. Les supports visuels doivent être réalisés avec soin. Utilisez les couleurs, les surligneurs. Vous pouvez aussi entourer, encadrer, faire des schémas, autant de moyens mnémotechniques visuels efficaces.

À savoir

Pour se remémorer des discours souvent fort longs à prononcer devant le Sénat, les orateurs romains pratiquaient la méthode des *loci memoriae* (lieux de mémoire). Ils créaient le parcours mental d'une maison, déposant dans chaque pièce les images qu'ils voulaient retenir.

- La mémoire auditive. Lisez votre texte à voix haute. Vous assimilerez les données en les écoutant et les réécoutant. C'est ainsi que s'entraîne un candidat dans le film *À voix haute* (voir page 153). Il est utile de s'enregistrer ou de se filmer afin d'écouter plusieurs fois l'exposé et mieux l'intégrer.

- La mémoire scripturale. Cette méthode préconise d'écrire plusieurs fois le texte pour l'apprendre, en le scindant, en s'attachant aux passages les plus délicats à retenir.

- Une approche kinesthésique. Certains ont besoin de marcher pour apprendre, de mettre en scène leur discours.

ENTRAÎNEMENT

Le meilleur entraînement consiste sans aucun doute à présenter votre exposé devant un public varié (amis, famille). L'exercice vous permettra de consolider la mémorisation et de bénéficier de conseils sur votre prestation.

FICHE 32 Préparer un support pour l'exposé

Une fois que le jury vous a indiqué la question que vous allez présenter, vous disposez de vingt minutes pour préparer votre exposé. Il est donc indispensable de savoir tirer parti de ce moment et des feuilles de brouillon qui seront mises à votre disposition.
Vous pourrez disposer du support que vous aurez établi durant les vingt minutes ; vous pouvez aussi choisir de remettre un document au jury.

1 Les fonctions du support

- Préparer un support vous permet d'abord de dominer votre stress en rassemblant vos idées. Pour cette raison, vous devez avoir prévu durant l'année, le contenu et l'organisation de ce document.
- En notant les éléments-clés de votre présentation, vous vous concentrez sur la question retenue et réactivez ce que vous avez mémorisé.
- À la fin du temps de préparation, vous pourrez consacrer quelques minutes à relire ce que vous avez noté de façon à cerner l'essentiel, qu'il s'agisse du contenu, de la façon de l'exprimer ou de la façon de se tenir.
- Si vous choisissez de garder le document durant l'exposé, utilisez-le uniquement pour vous rappeler les points à développer au cas où vous perdriez le fil de votre étude.

2 Le contenu du support

- Si vous décidez de garder la feuille pour vous aider durant l'épreuve, notez-y :
  - le plan de votre exposé ;
  - les phrases-clé ;
  - les citations ou les chiffres dont vous avez besoin ;
  - la première et la dernière phrase de votre exposé.

  Inscrivez en marge, d'une autre couleur, des conseils pratiques : regarder le jury, enlever les mains des poches, soigner la syntaxe…

Conseils

• N'utilisez que le recto des feuilles et numérotez-les. Si votre écriture le permet, l'idéal est de n'utiliser qu'une seule feuille.
• Écrivez lisiblement en utilisant différentes couleurs.
• Ayez bien en main votre support pour ne pas le faire tomber pendant que vous parlerez debout, ce qui vous déstabiliserait. Pour cela, entraînez-vous durant l'année.

- Si vous choisissez de remettre un document au jury, notez ce qui peut l'aider à suivre votre exposé :
  – le plan de votre exposé ;
  – un schéma qui vous semble essentiel ;
  – des chiffres…

3 Exemple d'un support que conserve le candidat

QUESTION
« Les Lip » : quel éclairage le conflit Lip nous apporte-t-il aujourd'hui sur l'évolution sociologique du monde du travail ? (Spé SES)

Conseil
Notez la question en haut de la feuille pour rester centré(e) sur le sujet.

Regarder les deux membres du jury

Articuler et éviter les tics de langage

Conseils
- Aérez votre présentation et utilisez des couleurs.
- Notez le plan, les phrases clés, les dates, chiffres ou citations.

Ne pas se balancer d'un pied sur l'autre

Ne pas agiter la feuille

Conseil
Utilisez les marges de votre feuille comme aide-mémoire (en rouge).

AGS : Assurance Garantie des Salaires

INTRODUCTION
[Exorde] Qui n'a jamais entendu parler des « Lip », ces ouvriers grévistes qui, en 1973, se sont organisés pour continuer à produire les montres qui ont fait la réputation de leur entreprise ?
- Projet de travailler dans les ressources humaines → intérêt pour la question des relations dans l'entreprise → Quel éclairage le conflit Lip nous apporte-t-il aujourd'hui sur l'évolution sociologique du monde du travail ?
- Annonce du plan

1 Le rappel des faits et des circonstances : un conflit emblématique
- *« 480 à dégager »* (Note manuscrite d'un administrateur)

- Chronologie
1867 : Naissance de l'entreprise horlogère Lip à Besançon.
1971 : L'entreprise suisse Ébauches S.A. devient actionnaire majoritaire.
1973 : Début du conflit suite à l'annonce de licenciements.
1974 : Claude Neuschwander devient PDG.
1976 : Fermeture de l'entreprise.
2018 : Renaissance de Lip.

2 Les groupes en présence : une certaine vision du monde du travail
A. **« Les Lip » et leurs soutiens**
« C'est possible, on fabrique, on vend, on se paye. »
B. **Claude Neuschwander : une réflexion sur le patronat**
« J'ai encore en tête comme vous et comme beaucoup, la phrase que j'ai lue sur les murs de mai 68 : "Soyez raisonnable, demandez l'impossible." L'impossible c'était sauver LIP. »
Claude Neuschwander , *Patron, mais…* Seuil, 1974
C. **Le rôle de la presse**

3 Quelles conséquences aujourd'hui ?
A. **Les acquis sociaux dus aux « Lip »** – AGS
B. **La place de « Lip » dans l'évolution des mouvements sociaux**
C. **La place de « Lip » dans une réflexion sur le monde de l'entreprise**

CONCLUSION
En m'intéressant à ce conflit emblématique, j'ai pu entrer dans le monde de l'entreprise et je reste bien décidé(e) à me rendre utile dans un service de Ressources humaines.

PARTIE II DE L'ÉPREUVE

Se préparer à l'échange avec le jury sur l'exposé

FICHE 33

Se préparer aux questions du jury

Au terme de votre exposé de cinq minutes, un échange est prévu avec le jury. Vous devez donc vous préparer à répondre à des questions vous invitant à enrichir ou rectifier votre prise de position.

1 Les différents types de questions

- Un approfondissement. Il s'agit d'une invitation à creuser certaines perspectives : vous n'avez pas suffisamment insisté sur tel ou tel point, ou des lacunes se sont même glissées dans votre exposé. Ces questions, loin de vous dérouter, doivent être perçues comme une chance qui vous est donnée.

  Ex. : **1.** Dans l'examen des limites de la démocratie grecque, vous n'avez pas suffisamment développé le statut de la femme. Le professeur vous invitera à une nouvelle présentation de cette mineure juridique et pourra même vous interroger sur le gynécée, le mariage, la femme dans le théâtre d'Aristophane...
  2. Vous vous êtes contenté(e) de citer Botero comme contre-exemple de la beauté classique. On attend quelques précisions supplémentaires sur son art, son œuvre de peintre et sculpteur qui dilate les formes.

- Un élargissement. En conclusion, vous n'avez pas choisi d'élargir le sujet. Il peut d'ailleurs être judicieux de ne pas tout dire et de garder quelques idées « en réserve » !

  Ex. : En étudiant l'implantation des éoliennes en France, vous n'avez pas abordé la question en Europe. Vous pouvez être interrogé(e) sur ce sujet.

- Une rectification. Un chiffre avancé semble contestable, un rejet trop catégorique. Vous serez invité(e) à nuancer ou rectifier vos propos par une question du type : « Êtes-vous certain(e) que... ? ».
  Votre prise de position peut sembler contestable au professeur (ce qui est rare). Il vous demandera alors de changer de cap.

  Ex. : **1.** Votre chiffre tient-il compte du sondage réalisé le mois dernier ?
  2. L'Inde vous semble-t-elle vraiment sur la bonne voie écologique ?

- Des précisions sur votre cheminement personnel : on souhaite un retour sur vos choix, votre méthodologie, le lien entre les questions retenues et votre projet professionnel.

  Ex. : Vous avez choisi un sujet sur le virtuel en lien avec la spécialité « Sciences de l'ingénieur » et vous nous annoncez être inscrit(e) en médecine. Pouvez-vous nous dire s'il y a un lien entre votre sujet et votre projet professionnel ? Expliquez-nous votre démarche.

2 La préparation de l'entretien durant l'année

- Vous pouvez anticiper une partie des questions qui vont vous être posées : dressez-en la liste et préparez les réponses.
- Retenez les références des articles ou sites auxquels vous vous référez durant votre exposé afin de justifier précisément votre analyse si nécessaire.
- Effectuez des recherches sur les auteurs ou les spécialistes que vous mentionnez. Cherchez la définition exacte des termes techniques que vous employez. On pourra vous la demander.
- Assurez-vous de bien maîtriser les notions abordées dans vos programmes de spécialités, plus particulièrement celles qui sont en jeu dans votre sujet. Un des membres de votre jury est un professeur de la spécialité concernée et pourra souhaiter vérifier votre bonne connaissance des notions au programme en lien avec votre sujet.
- Lorsque vous collectez des informations pour traiter votre thème, gardez de côté certaines d'entre elles pour l'entretien. Elles vous permettront d'approfondir ou d'illustrer votre propos. L'exposé est bref alors que votre sujet est sans doute vaste : il est bon de disposer d'autres arguments ou exemples pour répondre aux questions.
- À partir de votre sujet, imaginez les perspectives voisines qui peuvent être abordées.

  Ex. : Votre sujet porte sur le fonctionnement de la démocratie en France. Faites des recherches sur les origines de la démocratie en Grèce, sur les régimes européens…

ENTRAÎNEMENT

1 **En préparant votre exposé, exercez-vous à répondre à des questions susceptibles de vous être posées. Profitez-en pour enrichir vos connaissances et votre culture générale.**

2 **Vous pouvez aussi solliciter votre entourage et procéder à plusieurs à un jeu de questions-réponses.**

FICHE 34

Bien réagir lors de l'entretien

La première partie de l'entretien porte sur le contenu de votre exposé tandis que la seconde aborde votre projet d'études en lien avec le sujet que vous avez choisi. Vous préparerez durant l'année les questions que vous pouvez imaginer mais l'entretien reste un échange spontané dans lequel seront évaluées votre capacité d'écoute et votre réactivité.

1 La correction de la langue

- Vous devez vous exprimer de façon naturelle mais soignée. Vos phrases seront correctement construites : pour cette raison, privilégiez les phrases courtes. Le lexique sera également maîtrisé. Le registre familier est proscrit.

> **Attention !**
> Le jury attend de vous une attitude respectueuse. Vous trouverez des conseils pratiques dans la **fiche 55**.

- Vous pouvez commencer par reprendre les mots de la question au début de votre réponse, ce qui vous donne le temps d'organiser votre réflexion. Mais évitez les lourdeurs et veillez à vous montrer réactif.

2 L'utilisation des connaissances

- Durant l'année, vous avez réfléchi aux questions qui peuvent vous être posées. Vous avez fait des recherches sur les spécialistes que vous citez, les exemples que vous avancez. Vous avez confronté vos sources et construit une position personnelle argumentée. Vous devez donc être en mesure de répondre à des questions du type de celles données en exemple.

  Ex. : **1.** Que savez-vous de Narendra Modi dont vous évoquez les mesures en faveur de l'environnement ?
  2. Pourriez-vous nous présenter André Breton que vous citez en conclusion ?

- Durant l'entretien, développez vos réponses même si les questions vous semblent étroites. Les réponses oui/non sont à proscrire.
- Ne reprenez pas mot pour mot ce que vous avez dit dans votre présentation mais argumentez en faisant appel à vos connaissances et en vous appuyant sur d'autres exemples que ceux que vous avez déjà mentionnés.
- Évitez, dans vos réponses, d'aborder des perspectives que vous dominez mal car vous risquez de provoquer des questions qui vous mettront dans l'embarras. Sans sortir du cadre de la question que le jury vous a posée, orientez plutôt votre réponse vers des domaines que vous êtes prêt(e) à approfondir.

3 L'attitude à adopter

- Tout d'abord, il est essentiel de bien écouter votre jury, de ne pas l'interrompre. Soyez disponible, prêt(e) à entrer dans le dialogue, voire à revenir sur certaines de vos positions pour les nuancer. Sachez aussi montrer votre conviction personnelle.

> **Conseil**
>
> Le baccalauréat n'est pas un concours sélectif mais l'évaluation d'un niveau de connaissances et de compétences. **Le jury ne cherche pas à vous déstabiliser mais à vous aider.**

- Si vous butez sur la question posée, n'hésitez pas à tenter une reformulation, voire à dire modestement que vous ne pouvez pas répondre. Les professeurs sont bienveillants et leurs questions sont aussi un moyen de vous permettre d'améliorer votre prestation !

  Ex. : Je suis désolé(e) mais je n'ai pas bien saisi votre question. Voulez-vous dire que... ? Je vous prie de m'excuser mais le sens du mot que vous avez employé m'échappe.

- Il peut arriver qu'une question vous déconcerte et que vous ne sachiez pas y répondre. Ne vous affolez pas et optez pour l'honnêteté : il vaut mieux reconnaître que vous ne connaissez pas la réponse plutôt que de vous aventurer et dire des sottises. Vous pouvez toutefois, ensuite, émettre avec prudence différentes hypothèses ou bien aborder une perspective qui vous semble voisine.

  Ex. : Je crains de ne pas savoir répondre à cette question concernant cet événement précis mais d'autres faits similaires se sont produits comme par exemple...

- Si on conteste votre prise de position, soyez ferme mais habile, en prenant en compte les arguments opposés dans un raisonnement concessif : *certes... mais*.

- Si vous apercevez une erreur dans votre démonstration, n'hésitez pas à l'admettre en empruntant humblement la voie ouverte. Votre interlocuteur appréciera cette démarche d'auto-critique et votre nouvelle capacité d'argumentation.

- Si la question concerne votre démarche personnelle, optez pour la spontanéité et la sincérité.

PARTIE III DE L'ÉPREUVE

Se préparer à l'échange avec le jury sur son projet d'orientation

FICHE 35

Réfléchir à son parcours post-bac

La troisième partie de l'épreuve nécessite d'avoir pris du recul par rapport à votre projet d'orientation. Une chose est de le définir et de s'inscrire sur Parcoursup, une autre de mesurer la cohérence de votre démarche pour la présenter de façon convaincante.

1 Examiner son parcours jusqu'au bac

- Pour réfléchir à votre orientation, commencez par faire le point sur votre parcours jusqu'au bac afin de cerner plus facilement ensuite vos atouts et vos difficultés.
- Récapitulez sur une feuille ou un fichier les points suivants en répondant aux questions :
  - Quels sont, parmi les établissements que vous avez fréquentés, ceux que vous avez appréciés et pourquoi ? Quels sont ceux dans lesquels vous ne vous êtes pas senti(e) à l'aise et pour quelles raisons ?
  - Quelles sont les matières que vous avez toujours aimées et celles qui ont été sources de difficultés pour vous ? Avez-vous changé d'avis à ce propos en cours de scolarité ? Pourquoi ?
  - Quelles sont, parmi les méthodes de travail rencontrées, celles qui vous ont été utiles (travail en groupe, recherches personnelles, cours en petit effectif....) ?
  - Si une année s'est révélée difficile (manque de motivation, conflits, difficultés de compréhension...), quelles sont les causes de ce malaise ? A-t-il duré ?
  - Reprenez vos bulletins trimestriels des classes du lycée et relevez vos moyennes pour chaque matière. Relisez les appréciations de vos professeurs pour cerner votre profil scolaire : quels sont, selon les bulletins, vos points forts et vos fragilités (qu'il s'agisse des connaissances, des méthodes ou de l'attitude) ?
- Faites aussi le point sur les activités que vous avez pratiquées ces dernières années en vous posant pour chacune d'elles les questions suivantes :
  - Cette activité me plaisait/plaît-elle ? Pourquoi ?
  - Que m'apportait/apporte cette activité ?

– Ai-je réussi dans cette activité ? Quelles ont été les qualités qui m'ont permis de réussir ? Quels ont été les défauts qui ont entravé mes progrès ou m'ont amené(e) à abandonner ?

- Complétez un tableau pour tirer les conclusions de cette analyse de votre parcours : quels sont vos goûts, vos atouts, vos difficultés ?

2 Préparer son parcours post-bac

- Examinez toutes les pistes possibles : voies traditionnelles (université, BTS...) correspondant à vos spécialités mais aussi parcours originaux (séjours à l'étranger, bénévolat dans une ONG, service civique...).
- Commencez par éliminer les secteurs ou études qui ne vous attirent pas en les notant puis en les barrant. Inscrivez à côté de chacun d'eux, les raisons de votre rejet. Relevez ceux pour lesquels vous hésitez.
- Il vous faut cerner le type de métier (domaine et niveau de responsabilité) et le type d'études (domaine, niveau, durée, organisation) qui vous conviennent en veillant à la cohérence de vos choix. Si vous pensez à une profession mais qu'elle n'est pas à votre portée (compétences, durée des études...), d'autres métiers dans le même secteur existent sans doute.

  Ex. : Si vous voulez absolument travailler dans le domaine de la santé mais que vous ne voulez pas entreprendre de longues études, vous ne pourrez pas être médecin (dix ans d'études), mais d'autres professions comme infirmier (3 ans d'études) peuvent vous intéresser.
- Soyez rêveur et ambitieux mais lucide. Commencez par préciser la vie que vous aimeriez mener, ce à quoi vous voudriez que vos journées ressemblent dans quinze ans. Le projet auquel vous pensez est-il réaliste ? Vous tient-il sérieusement à cœur ?
- S'il est éloigné de ce qui est envisageable, peut-être des professions voisines sont-elles accessibles ? Mais peut-être aussi qu'il ne faut pas renoncer trop vite à ce projet : mesurez votre détermination, examinez les filières et demandez conseil **(voir fiche 36)**.

FICHE 36

Se faire accompagner dans son projet

Jusqu'à présent, ce sont essentiellement vos parents et les équipes éducatives de vos différents établissements qui ont tracé votre parcours. Vous avez sûrement été consulté(e) mais vous n'étiez pas encore en âge de cerner tous les enjeux. Maintenant, c'est à vous, qui êtes ou allez être majeur(e), de choisir la suite de votre itinéraire en prenant en compte tous les facteurs. Gardez la main sur les décisions mais veillez à être accompagné(e).

1 Autonomie et/ou accompagnement ?

A L'importance de l'autonomie

- Effectuez vous-même des recherches, sollicitez des rendez-vous, surveillez le calendrier des inscriptions, complétez les dossiers…
- Plus vous prendrez en main la préparation de votre orientation, plus vous vous sentirez libre et responsable de vos choix. Et plus fine et efficace sera votre réflexion. En vous montrant ainsi autonome, vous pourrez affirmer vos goûts et résister si nécessaire à l'influence bienveillante, mais parfois envahissante, de vos proches.

Ex. : Votre sœur aînée est dans une école d'ingénieur et apprécie la voie qu'elle a choisie. Dans le souci de vous aider, elle se montre autoritaire et insiste pour que vous suiviez son chemin. En vous montrant autonome et en effectuant vous-même des recherches, vous pourrez comparer sa proposition avec d'autres chemins qui vous attirent peut-être davantage.

B L'importance d'un accompagnement

Mais être autonome ne signifie pas être seul(e).

- Le monde contemporain offre une multitude de métiers et le monde du travail évolue chaque jour. Les articles des journaux ou des brochures ne suffisent pas ; rien ne vaut la rencontre avec un professionnel informé de la situation actuelle dans son domaine d'activité.
- Il n'est pas aisé de se connaître soi-même et c'est en discutant avec d'autres personnes que vous pourrez cerner votre personnalité et votre profil, vos atouts et difficultés.
- Si vous souhaitez échapper aux influences, multipliez les rencontres et les conseils afin de vous forger votre propre opinion et de pouvoir argumenter solidement vos choix. Assurez-vous toutefois de la fiabilité de vos

interlocuteurs. Un professionnel fatigué ne vous donnera pas la même image de son métier qu'un débutant enthousiaste : situez les avis dans leur contexte et croisez les informations.

- Si vous ne voyez pas encore quel métier exercer, choisissez alors des études qui vous intéressent et vous trouverez plus tard votre voie.

> **Conseil**
> Les enjeux de cette préparation à l'orientation sont de taille mais soyez rassuré(e) : il sera toujours possible au cours de vos études ou de votre vie professionnelle de bifurquer.

2 L'accompagnement au sein de votre lycée

A La formation inscrite dans votre emploi du temps

Depuis le collège, des temps de réflexion sur l'orientation vous ont été proposés. Prenez des notes et effectuez éventuellement des recherches complémentaires. Ces étapes sont l'occasion de découvrir des secteurs d'activité ou des possibilités d'études auxquels vous n'aviez pas pensé.

Ex. : Un lycéen dont les deux parents travaillent dans le secteur de la santé peut être tenté d'explorer principalement cette voie-là alors qu'à l'occasion d'une rencontre organisée dans son établissement, il fera la connaissance d'un chargé de communication dont le métier lui semblera davantage correspondre à ses aptitudes et centres d'intérêt.

B Les interlocuteurs

Vous pouvez prendre rendez-vous avec le conseiller ou la conseillère d'orientation psychologue, le CPE, votre professeur principal ou bien un autre enseignant dont vous appréciez les conseils.

3 L'accompagnement à l'extérieur du lycée

- Différentes personnes peuvent vous aider :
  – vos parents ou des amis qui vous connaissent bien ;
  – des professionnels exerçant un métier qui vous attire ;
  – des étudiants qui ont choisi une voie qui vous intéresse ;
  – votre médecin généraliste ;
  – un psychologue.
- Les salons et les journées portes ouvertes vous offrent aussi la possibilité de rencontrer des professionnels dans les secteurs qui vous motivent, des professeurs ou des étudiants concernés pas des formations susceptibles de vous convenir. Sélectionnez dans les programmes ce qui vous concerne et n'attendez pas la dernière minute pour prendre rendez-vous !

> **Conseil**
> Certains salons et certaines écoles proposent des journées portes ouvertes virtuelles. Renseignez-vous sur les sites concernés et n'oubliez pas de vous inscrire.

FICHE 37

Présenter ses choix d'études

Cette fiche n'a pas pour objectif de vous guider dans vos choix d'orientation mais de vous aider à construire la réflexion que vous pourrez présenter au jury dans la dernière partie du Grand Oral. Le jury n'évaluera pas vos choix d'études mais votre façon de les présenter et le recul adopté par rapport à ces décisions personnelles.

1 Les sources de votre réflexion

Pour présenter la façon dont s'est élaboré au fil des mois votre projet, vous pouvez faire référence aux sources que vous avez rencontrées ou consultées :
- le stage en entreprise de 3e : a-t-il influencé vos choix d'orientation ?
- les séances consacrées à l'orientation au lycée ;
- les entretiens avec le (la) professeur(e) principal(e) et le(la) conseiller(ère) d'orientation ;
- les entretiens avec des professionnels du secteur qui vous intéresse ;
- les journées portes ouvertes des établissements pouvant vous convenir ;
- les fiches disponibles sur le site Parcoursup.

2 La démarche

- Notez, mois après mois, les étapes de votre recherche et l'évolution de votre réflexion **(voir fiche 35)**.
- Si, à la date du Grand Oral, vos vœux sur Parcoursup n'ont pas été satisfaits : quel parcours envisagez-vous pour rester dans le domaine qui vous intéresse malgré les refus que vous avez essuyés ? Ou bien quelle autre voie très différente pourriez-vous emprunter ?
- Imaginez les questions que le jury pourra vous poser et préparez les réponses.

3 Les axes de votre réflexion

- Les questions que vous avez choisies pour vos deux exposés sont rattachées aux enseignements de spécialité et manifestent votre intérêt pour un domaine particulier.
  - Dégagez clairement le lien entre ces sujets et vos projets d'orientation car ce sera sans doute le point de départ de l'échange lors de la dernière partie de l'entretien.

– Si le parcours retenu s'avère différent des sujets choisis parce que vous avez évolué durant l'année, il est préférable d'expliquer sincèrement les raisons de ce changement plutôt que de vous efforcer de trouver un lien qui n'existe pas.

- Votre réflexion devra s'adapter aux réponses reçues sur Parcoursup. Si l'un de vos vœux est satisfait, vous pourrez l'annoncer lors du Grand Oral et défendre ce choix avec des arguments solides. Si, au contraire, vous devez attendre la phase d'admission complémentaire qui débute après les épreuves, réfléchissez aux solutions qui s'offrent à vous.
- Pour préparer les questions qui vous seront posées, vous devrez approfondir les perspectives suivantes :
  – le lien (ou non) avec les enseignements de spécialité ;
  – le contenu de la formation : les matières au programme ;
  – les débouchés de la formation : métiers, spécialisations complémentaires ;
  – la durée des études : études courtes, longues, passerelles permettant de prolonger la formation ou de bifurquer vers un domaine voisin ;
  – la nature de la formation : cours, alternance, cursus à l'étranger ;
  – le rythme de la formation et l'encadrement : classes préparatoires, écoles en cinq ans post-bac, université… ;
  – les différentes étapes de la formation ;
  – les différentes formes de sélection au début, en cours ou en fin de parcours : le dossier d'inscription, la lettre de motivation, les concours, les examens…

FICHE 38 Proposer une réflexion personnelle sur le parcours envisagé

Vous avez présenté votre choix d'études en relation avec les spécialités choisies. Il s'agit maintenant de proposer une réflexion personnelle sur ce parcours et sur la profession envisagée.

1 L'objectif

- La réflexion que vous mènerez de manière sincère, personnelle, enthousiaste ou inquiète, éclairera le jury sur votre personnalité, vos expériences, vos attentes.
- Si les examinateurs vous sentent hésitant(e), l'échange pourra donner lieu à des conseils.
- S'ils vous découvrent volontaire, ils vous cèderont volontiers la parole. Vous pourrez alors consolider votre projet, vous projeter au-delà du parcours vers une profession choisie.

2 Des témoignages

- **Laure, élève de Terminale avec les spécialités Physique-Chimie et SVT en vue d'intégrer un IFSI**

« Depuis toute jeune, mon souhait est d'exercer une profession dans le domaine de la santé. Partager, remédier à la souffrance des autres, de la manière la plus concrète, la plus entière. Entretenir avec les patients des relations privilégiées. Devenir infirmière… »

- **Fatima, élève de Terminale, ayant opté pour les spécialités SES et Histoire géographie, géopolitique et sciences politiques en vue d'intégrer Sciences Po ou une faculté de droit**

« L'enseignement d'éducation civique au collège et au lycée a éveillé mon intérêt pour les institutions politiques. Comment fonctionne notre République ? Comment les pouvoirs s'équilibrent-ils ? Comment les lois et les décrets sont-ils adoptés ? Comment les droits de l'homme sont-ils protégés dans notre démocratie ? Deux voies complémentaires sont possibles :
– d'un côté, je pourrais, après l'obtention de mon baccalauréat, me tourner vers l'université pour suivre une formation strictement juridique, où ces problématiques

seraient particulièrement approfondies en droit constitutionnel et droit administratif ;
– de l'autre, Sciences Po m'apporterait un socle solide de culture générale avec une mise en perspective des enjeux politiques, économiques et juridiques de notre pays, ainsi qu'une dimension européenne et internationale.
J'ai donc préparé, en parallèle de mes révisions pour le baccalauréat, l'examen d'entrée à Sciences Po. Je passe les oraux d'admission la semaine prochaine !
Plusieurs voies professionnelles s'offrent à moi : magistrat, avocat, fonctionnaire territorial…
Je pourrais aussi participer à l'élaboration de la loi, soit dans un cadre politique, soit dans l'administration de l'Assemblée nationale ou du Sénat. Je serais ainsi au cœur de la fabrique législative, au cœur de l'exercice démocratique…
Entre tous ces métiers mon cœur balance, mais ces études auxquelles je consacrerai toute mon énergie me laisseront le temps d'affiner mon choix ! »

- **Paul-Vinh, élève de Terminale ayant opté pour les spécialités Arts (histoire des arts) et Humanités, littérature et philosophie en vue d'intégrer une CPGE littéraire**

« L'archéologie a progressivement occupé une place essentielle dans ma vie. Tout a commencé avec la découverte de l'Égypte en 6e. Christian Jacq m'a narré la vie de Ramsès II ; Pauline Guedj, celle d'Hatchepsout, la première femme pharaon. J'ai découvert avec émerveillement les trésors de cités englouties, ressuscitées grâce à des archéologues sous-marins tel que Jean-Yves Empereur ou Franck Goddio.
Le secteur professionnel s'est donc imposé avec évidence : l'archéologie, avec une spécialisation en égyptologie, même si toutes les civilisations disparues me fascinent.
J'ai eu la chance d'être admis en classe préparatoire, puis je suivrai une formation en histoire de l'art et archéologie, avec différents débouchés : archéologue, enseignant-chercheur au CNRS, conservateur de musée, archiviste, journaliste…
On m'a mis en garde sur l'incertitude des débouchés de ce secteur : avant de découvrir le tombeau de Cléopâtre, je vais épousseter des assiettes gallo-romaines… Je sais que je devrai m'armer de patience et d'humilité. »

MAÎTRISER LE LANGAGE VERBAL

FICHE 39

Varier le vocabulaire

Le choix des mots est essentiel pour exprimer votre opinion, faire entendre vos convictions. Sans chercher à briller avec des mots rares, il convient de substituer à un vocabulaire banal, passif, un vocabulaire actif, varié et précis. Il existe une saveur, un véritable plaisir des mots. N'hésitez pas à puiser dans les ressources du lexique quels que soient vos choix de spécialités.

> **Citation**
>
> « Chaque mot poétique est ainsi un objet inattendu, une boîte de Pandore d'où s'envolent toutes les virtualités du langage. »
>
> Roland Barthes

1 Choisir le mot juste

Veillez au bon usage des termes techniques de vos spécialités et aux substantifs suivants qui sont souvent mal utilisés.

> **Citations**
>
> « Je crois au pouvoir et à la force des mots. »
>
> Malala Yousafzai
>
> « Les mots justes trouvés au bon moment sont de l'action. »
>
> Hannah Arendt

– Un **illettré** : une personne ayant été scolarisée qui lit et écrit avec difficulté. / Un **analphabète** : une personne qui ne sait ni lire ni écrire.
– L'**intégration** : le fait qu'un individu trouve sa place dans la vie sociale et les institutions d'un pays d'accueil. / L'**assimilation** : le fait qu'une communauté s'approprie progressivement les valeurs, les normes et la culture d'un pays.
– **Judiciaire** : qui concerne la justice (une erreur judiciaire). / **Juridique** : qui relève du droit (un vide juridique).
– Le **mobile** : ce qui détermine subjectivement à agir (le mobile du crime). / Le **motif** : ce qui détermine rationnellement à agir en fonction d'un objectif (s'engager pour des motifs humanitaires).
– Un **réfugié** : une personne qui a un statut juridique spécifique car elle a été victime de persécution dans son pays d'origine. / Un **migrant** : terme plus neutre qui désigne toute personne ayant passé plus d'un an dans un pays dont elle n'a pas la nationalité.

2 Supprimer les répétitions

- Utilisez un pronom quand c'est possible : *il(s), elle(s), celui-ci, celle-là, ce dernier…*

Ex. : Une aide financière a été accordée aux producteurs mais ***elle*** n'a pas permis de protéger leur activité.

- Choisissez un synonyme exact.

  Ex. : Livre : écrit, ouvrage, volume…

- Remplacez par des concepts plus larges.

  Ex. : Greta Thunberg est devenue une icône. ***Cette militante écologiste…***

3 Éviter les mots passe-partout

Remplacez les mots plats par des termes nuancés et appropriés. N'hésitez pas aussi à remanier la phrase.

- Les hyperonymes (mots génériques). « Chose » et « gens » sont à reformuler en les précisant en fonction du contexte.

  Ex. : J'ai lu des ~~choses~~ ***nouvelles*** inquiétantes dans le journal.

- De nombreux verbes courants ont des équivalents plus précis selon le contexte.
  - **Être** : *exister, se trouver, sembler, apparaître…*
  - **Faire** : *fabriquer* (un objet), *réaliser* (une œuvre), *rédiger* (une lettre), établir (une liste), *composer* (une chanson), *causer* (du tort), *accomplir* (un voyage), *concevoir* (un plan), *commettre* (une faute), *construire* (une cabane), *créer* (un pont)…
  - **Dire** : *proclamer, énoncer, répliquer, proférer, affirmer, dévoiler, divulguer…*
  - **Voir** : *regarder, observer* (nuance d'attention), *apercevoir* (voir au loin), *distinguer* (voir malgré les obstacles), *contempler* (nuance d'admiration), *remarquer* (voir un détail), *envisager* (sens figuré), *considérer* (sens figuré)…
  - **Avoir** : *obtenir, posséder, détenir, recevoir, éprouver, ressentir…*
  - **Aimer** : *apprécier, chérir, goûter à, prendre du plaisir à…*
  - **Il y a** : pour supprimer cette forme impersonnelle, il faut changer la tournure de la phrase.

  Ex. : Il y a beaucoup de visiteurs à cette exposition. → Beaucoup de visiteurs ***se pressent à cette exposition***.

- Les adjectifs et adverbes
  - **Grand** : *immense, imposant, élevé, élancé…*
  - **Petit** : *étriqué, chétif, étroit, exigu, réduit, ténu, succinct, sommaire…*
  - **Bon** : *savoureux, exquis, délicieux, honnête, exact…*
  - **Clair** : *évident, patent, manifeste…*
  - **Bien** : *correct, convenable, satisfaisant, juste, agréable, plaisant, élégant…*
  - **Mal** : *mauvais, ennuyeux, fâcheux, difficile, ardu, pénible…*

FICHE 40 Éviter les erreurs de vocabulaire

Le jury appréciera la qualité de votre réflexion, mais sera aussi sensible à la correction de l'expression : elles sont indissociables. Vous veillerez à un maniement rigoureux de la langue, notamment au choix du vocabulaire.

Attention !

Certains mots (*gageure*, *manichéen*…) ont une prononciation particulière. Utilisez un dictionnaire et entraînez-vous devant un professeur.

	Erreurs à éviter	Vocabulaire à employer
Barbarismes (mots altérés)	Aéropage	**Aréopage** (tribunal antique sur la colline d'Arès à Athènes) : assemblée de savants.
	Aréoport	**Aéroport** (du grec *aeros*, l'air)
	Excetera	**Et caetera** (= en outre, en latin)
	Frustre (confondu avec rustre)	**Fruste** (= grossier) « Quand on ne sait pas s'exprimer, quand on ne manie que de vagues approximations… il ne reste que les poings, la violence fruste, stupide, aveugle. » Jacqueline de Romilly
	Omnubilé	**Obnubilé** (du latin *nubes*, le nuage, couvert de nuages, à la pensée obscurcie) : obsédé. « La connaissance tue l'action, pour agir, il faut être obnubilé par l'illusion. » Nietzsche
Pléonasmes	Au jour **d'aujourd'hui**	**Aujourd'hui**
	Voire même	**Voire** ou **Même**
	Car en effet	**Car** ou **En effet**
	Comme par exemple	**Comme** ou **Par exemple**
	Une **autre** alternative	**Une alternative** : un choix entre deux possibilités distinctes.
	Un **faux** prétexte	**Un prétexte** : une raison qui cache un motif réel.
	Au **grand** maximum	**Au maximum.** Le maximum est déjà la valeur la plus grande.
	S'avérer **vrai**	**S'avérer** : se faire reconnaître pour vrai (du latin *verus*).
	Saisir une opportunité	**Profiter** d'une opportunité. Une opportunité est déjà une occasion à saisir.
	Le tri **sélectif**	**Le tri** des déchets ménagers. Le tri est déjà le résultat d'une sélection.
	Prévenir **d'avance**	**Prévenir** : annoncer à l'avance.
Paronymes	Original – Originel	**Original** : 1/ qui vient directement de l'auteur, ne dérive d'aucun modèle : « *un document original* » ; 2/ excentrique, bizarre : « *une personnalité originale* ». **Originel** : qui remonte aux origines. « *Bien des scientifiques refusent l'idée d'un chaos originel.* »
	Attention – Intention	Attirer l'**attention** (la concentration). / Avoir de bonnes **intentions** (la volonté).

	Erreurs à éviter	Vocabulaire à employer
Paronymes	Acceptation – Acception	**Acceptation** : consentement. / **Acception** : sens d'un mot.
	Luxurieux – Luxuriant	**Luxurieux** : voluptueux. / **Luxuriant** : abondant, « *une forêt tropicale luxuriante* ».
Expressions à la mode	Porter un projet	**Promouvoir, défendre, soutenir** un projet
	Je gère (employé sans complément)	Je maîtrise la situation
	Toutes et tous	**Tous** (inclusif)
	Je reviens vers vous	Harcèlement linguistique et notion de déplacement inappropriée. **Je reprends contact**
	Ça marche !	Je suis d'accord !
	Que du bonheur !	Hyperbolique. **Un franc succès, un beau moment**
	Pas de souci	Rassurez-vous
	Je suis sous l'eau.	Je suis débordé de travail.
Impropriétés	Se baser sur	Se **fonder** sur
	Un espèce de…	**Une** espèce de…
	Une apogée	**Un** apogée
	Un échappatoire	**Une** échappatoire
	Être bourré de remords	Être **bourrelé** de remords
	Vous n'êtes pas sans **ignorer**	Vous n'êtes pas sans **savoir**
	Loin s'en faut	**Loin de là** ou **Tant s'en faut**
	S'avérer faux	**Se révéler** faux
	Amener un objet	**Apporter** un objet
	Avatar	Incident (avatar signifie « métamorphose »)
Anglicismes	Un salaire conséquent	Une rémunération importante
	Basique	Fondamental, élémentaire Un principe fondamental du droit, un vocabulaire de base.
	Un coach	Un professeur, un entraîneur, un mentor
	Un scoop	Une information unique
	Un staff	Une équipe, une réunion
	Un flyer	Un tract publicitaire
	Une conf-call	Une réunion téléphonique
	Un open space	Un bureau partagé
	Un challenge	Un défi
	En live	En direct
	Un manager	Un directeur
	Un casting	Une audition
	Un best-seller	Un succès en librairie
	Overbooké	Très occupé
	C'est top !	C'est parfait !
	Réaliser que	Comprendre que
	Faire du business	Faire du commerce
	Il faut me driver	Il faut me guider

FICHE 41 Bien utiliser les modes et les temps

À l'oral, comme à l'écrit, vous devez utiliser correctement les modes et temps verbaux. Les indications qui suivent ne constituent pas une leçon de grammaire exhaustive ; elles réunissent simplement des conseils indiquant notamment les erreurs à éviter.

1 Rappels

> **Conseil**
> N'hésitez pas à consulter une leçon de grammaire dans un manuel de français.

- Les modes permettent de caractériser les actions (une certitude, un ordre...) tandis que les temps situent les faits dans la chronologie.
- Les modes comprennent plusieurs temps. À chaque temps simple (présent : « il lit ») correspond un temps composé (passé composé : « il a lu »). Les temps composés expriment une action antérieure à une autre action exprimée à un temps simple.

2 Le mode indicatif

- L'indicatif est le mode le plus utilisé car il présente les faits comme certains.
- Veillez à la concordance des temps en distinguant le système du présent et celui du passé.

  Ex. : La phrase « Les dinosaures ***ont disparu*** quand l'homme ***fit*** son apparition sur Terre » est incorrecte car elle ne respecte pas la concordance des temps.
  Système du présent : Les dinosaures ***ont disparu*** (passé composé) quand l'homme ***fait*** (présent) son apparition sur Terre.
  Système du passé : Les dinosaures ***avaient disparu*** (plus-que-parfait) quand l'homme ***fit/a fait*** (passé simple/passé composé) son apparition sur Terre.
- À l'oral, lorsqu'on raconte un événement, on emploie principalement le passé composé. On utilise aussi l'imparfait pour poser un cadre et le plus-que-parfait pour les actions antérieures.
- Pour donner de la force à votre propos, il est possible de rapporter les faits passés importants au présent (présent de narration). Vous toucherez ainsi votre auditoire mais vous devrez veiller à la cohérence temporelle de l'ensemble de votre exposé en le lisant à voix haute et en demandant à vos proches de vous dire si tout est clair et logique.

3 Le mode subjonctif

- Le subjonctif exprime une action dont la réalisation n'est pas certaine.
- Le subjonctif est principalement employé dans les propositions subordonnées.
  - Dans les propositions subordonnées conjonctives, on le trouve après les conjonctions de subordination *bien que* (*malgré que* est incorrect), *afin que, pour que, avant que*.
  - Dans les propositions subordonnées relatives, le subjonctif exprime le plus souvent un souhait.

> **Attention !**
>
> *Avant que* est suivi du subjonctif mais *après que* est suivi de l'indicatif.
>
> **Ex. :** Avant que la nécessité de l'hygiène **ait été comprise** (subjonctif), les actes médicaux sont souvent voués à l'échec.
> Après que la nécessité de l'hygiène **a été comprise** (indicatif), les progrès de la médecine sont spectaculaires.

Ex. : Nous vivons dans un monde où trop nombreux sont les enfants qui ne ***peuvent*** (indicatif) accéder à la lecture
Nous voudrions un monde dans lequel tous les enfants ***puissent*** (subjonctif) accéder à la lecture.

- Quand il ne se trouve pas dans une proposition subordonnée, le subjonctif exprime un ordre. Les orateurs l'utilisent fréquemment comme une alternative à l'impératif.

Ex. : « Que la justice soit la même pour tous.
Que la paix existe pour tous.
Qu'il y ait du travail, du pain, de l'eau et du sel pour tous. »

Nelson Mandela, discours d'investiture, 10 mai 1994.

4 Le mode conditionnel

- Le conditionnel a trois principales valeurs. Il peut exprimer :
  - un futur dans le passé ;

  Ex. : Les candidats ont promis qu'ils ***agiraient*** en faveur des plus pauvres.
  - une action dépendant d'une hypothèse ;

  Ex. : Si les gouvernements luttaient contre la pollution, nous ***pourrions*** limiter le réchauffement climatique.
  - une action atténuée (pour diverses raisons : politesse, doute, émotion…).

  Ex. : Nous ***voudrions*** laisser à nos enfants une planète où il ***ferait*** bon vivre.
- Attention aux subordonnées hypothétiques : *si* est suivi de l'indicatif.

Ex. : Si tu ***viens***, cela me fait/fera (indicatif présent ou futur) plaisir.
Si tu ***venais***, cela me ferait (conditionnel présent) plaisir.
Si tu ***étais venu***, cela m'aurait fait (conditionnel passé) plaisir.

FICHE 42

Éviter les phrases incorrectes

Dès lors que vous prenez la parole, pour présenter votre exposé ou répondre à une question, vous devez veiller à la correction de vos phrases et à leur enchaînement. Certes, la spontanéité de l'oral autorise quelques hésitations mais en aucun cas des incorrections. Le jury, outre la pertinence de vos propos, attend une utilisation rigoureuse de la langue.

Attention !

Pour les spécialités LLCER et AMC, si vous choisissez de vous exprimer dans la langue étudiée, vous éviterez les incorrections et soignerez le lexique et le style comme les candidats s'exprimant en français.

1 Éviter les incorrections les plus courantes

Incorrections à éviter	Phrases correctes et conseils
Absence incorrecte de verbe conjugué (risque lié à une mauvaise utilisation de notes prises en style télégraphique). Les maladies rares : le peu d'intérêt des laboratoires.	Les maladies rares intéressent souvent peu les laboratoires pharmaceutiques. Sauf pour des effets oratoires marqués (*Des malades oubliés ! Une médecine à but lucratif ! L'humain au second plan !*), vous éviterez les phrases non-verbales.
Proposition subordonnée sans proposition principale. Quand soudain l'archiduc est assassiné à Sarajevo.	Une proposition indépendante : Soudain l'archiduc est assassiné à Sarajevo. Une proposition principale et sa subordonnée : Quand l'archiduc est assassiné à Sarajevo, rien ne peut plus arrêter le mécanisme des alliances.
Mauvais usage de la syntaxe impliquant le pronom relatif *dont*. Nous allons évoquer Paul-Émile Victor dont vous connaissez certainement ***ses*** expéditions polaires.	Nous allons évoquer Paul-Émile Victor dont vous connaissez certainement ***les*** expéditions polaires.
Locution négative incomplète. Si James Finley dépose en 1808 un brevet concernant la construction des ponts suspendus, il ***est pas*** l'inventeur de cette technique.	Si James Finley dépose en 1808 un brevet concernant la construction des ponts suspendus, il ***n'est pas*** l'inventeur de cette technique. Attention : *personne… ne, nul… ne, aucun… ne.*
Locution restrictive incomplète. Pierre Soulages peut suggérer la lumière en ***peignant qu'***avec du noir.	Pierre Soulages peut suggérer la lumière en ***ne peignant qu'***avec du noir.

Incorrections à éviter	Phrases correctes et conseils
Interrogation directe incorrecte. Est-ce que cette position extrême n'est-elle pas condamnable ?	Cette position extrême n'est-elle pas condamnable ?
Interrogation indirecte incorrecte. Nous verrons en quoi la lumière bleue **est-elle** un mal technologique du XXIe siècle.	Nous verrons en quoi la lumière bleue **est** un mal technologique du XXIe siècle. Soyez très vigilant(e) quand vous présentez votre problématique ou annoncez le plan que vous allez suivre.
Mauvaise utilisation du groupe participial (participe présent ou passé). Ayant beaucoup progressé depuis les Purgon ou Diafoirus de Molière, les malades du XXIe siècle font confiance à la médecine.	La médecine ayant beaucoup progressé depuis les Purgon et Diafoirus de Molière, les malades du XXIe siècle lui font confiance. Dans la phrase incorrecte « ayant beaucoup progressé » se rapporte au sujet « malades », ce qui n'est pas le sens souhaité.

2 Veiller à la correction et à la clarté des reprises

Pour éviter les répétitions souvent lourdes tout en préservant la correction et la clarté de votre propos, dans l'exposé comme dans vos réponses, vous devez veiller au bon usage des mots de reprise **(voir fiche 39)**.

Incorrections à éviter	Phrases correctes et conseils
Mauvais accord (en genre notamment) du pronom. Les ***personnes*** qui habitent dans de très grands ensembles sont souvent seules ; ***ils*** vivent de manière anonyme.	Les ***personnes*** qui habitent dans de très grands ensembles sont souvent seules ; ***elles*** vivent de manière anonyme.
Reprise d'un *nous* par un *on*. ***Nous*** voulons que la science améliore nos conditions de vie ; ***on*** pense qu'elle peut tout faire.	***Nous*** voulons que la science améliore nos conditions de vie ; ***nous*** pensons qu'elle peut tout faire. ***On*** veut que… ; ***on*** pense qu'elle…
Confusion de sens possible. Gauguin fait le portrait de Van Gogh. ***Il*** semble triste.	Gauguin fait le portrait de Van Gogh. ***Ce dernier*** semble triste.

FICHE 43 Varier la construction des phrases

Pour montrer le soin que vous apportez à la qualité de la langue lorsque vous vous adressez à un jury d'examen, pensez à varier les procédés grammaticaux.

Conseil

Pour progresser dans cette maîtrise des différents procédés grammaticaux, habituez-vous à piocher dans les listes qui suivent des constructions que vous utiliserez à plusieurs reprises dans votre journée.

1 Exprimer une cause

Outils	Exemples
Un groupe nominal introduit par *en raison de, à cause de, par, grâce à, sous le prétexte de* (cause apparente)…	Les aliments en forte teneur en vitamine E sont recommandés ***en raison de*** leur capacité à nous protéger du mauvais cholestérol.
Un participe présent ou un gérondif.	***En s'entraînant*** intensément, le spationaute prépare son séjour.
Un participe passé.	***Choquée*** par la condition des femmes dans son pays, la jeune Pakistanaise Malala Yousafzai se mobilise dès son plus jeune âge.
Un infinitif introduit par la préposition *pour*.	***Pour avoir vécu*** cette situation, il en parle de manière convaincante.
La juxtaposition.	Le poète Robert Desnos s'engage dans la Résistance : il rejette le modèle nazi.
La coordination : *car*.	Le poète Robert Desnos s'engage dans la Résistance ***car*** il rejette le modèle nazi.
La subordination : *parce que, comme, puisque, du moment que, étant donné que, sous prétexte que* (cause apparente).	***Comme*** il rejette le modèle nazi, le poète Robert Desnos s'engage dans la Résistance.

2 Exprimer une conséquence

Outils	Exemples
La juxtaposition.	Il n'est pas question pour Robert Desnos d'accepter le modèle nazi : le poète s'engage dans la Résistance.
La coordination : *donc, en conséquence, par conséquent.*	Il n'est pas question pour Robert Desnos d'accepter le modèle nazi ; il s'engage ***donc*** dans la Résistance.
La subordination : *de sorte que, si bien que, de manière que, de telle sorte que, tellement… que…*	Il n'est pas question pour Robert Desnos d'accepter le modèle nazi ***si bien qu'***il s'engage dans la Résistance.

3 Exprimer une condition

Outils	Exemples
Une proposition subordonnée conjonctive introduite par *si, à condition que, au cas où, quand bien même, à supposer que, pour peu que, pourvu que, en admettant que…*	***Quand bien même*** nous prendrions des mesures drastiques, il serait trop tard pour éviter la hausse des températures ; mais on peut éviter le pire ***pour peu qu'***on affronte sérieusement le danger.
Un groupe nominal.	Avec de l'entraînement, nous pourrions développer notre mémoire.
Un adjectif ou un participe passé détaché.	Plus ***ambitieuses***, ces mesures pourraient séduire l'électorat.
Un gérondif.	***En étant*** plus précis, les journalistes seraient plus convaincants.
Un infinitif précédé de la locution prépositive *à condition de.*	***À condition d'***être prononcé avec conviction, le discours du président pourrait soulever l'enthousiasme.
Un impératif.	***Soyons*** davantage impliqués dans la vie publique, et la société pourra enfin s'améliorer !
Un conditionnel.	Vous ***rencontreriez*** des migrants comme je l'ai fait et vous seriez convaincus que tout doit être mis en œuvre pour les aider.

4 Exprimer une opposition

Outils	Exemples
Un groupe nominal introduit par une préposition.	***En dépit de*** la nocivité connue du tabac, certains fumeurs se disent prêts à payer plus cher encore leur paquet de cigarettes.
Une conjonction ou un adverbe de liaison : *mais, cependant, néanmoins, malgré cela, en revanche, toutefois…* Évitez d'utiliser *par contre* considéré souvent comme incorrect.	Le poisson est un aliment présentant des qualités nutritives intéressantes ; ***en revanche***, il est affecté par la pollution des océans.
Un infinitif précédé de l'expression *avoir beau.*	***On a beau dire*** aux jeunes qu'abuser des écrans nuit à leur santé, la dépendance est trop forte pour espérer les faire changer d'habitude.
Une proposition subordonnée conjonctive circonstancielle d'opposition introduite par une conjonction de subordination : *bien que, quoique, alors que, tandis que, sauf que, quelque… que…* **Attention** : « malgré que » est incorrect.	***Bien que*** leurs propos soient fondés, les experts ne parviennent pas à sensibiliser les jeunes au danger des écrans. ***Quelque*** fondés **que soient** leurs propos, les experts ne parviennent pas à sensibiliser les jeunes au danger des écrans.

FICHE 44 Choisir le niveau de langue adapté

Le langage varie en fonction de la situation de communication. On distingue trois niveaux de langue : les niveaux familier, courant et soutenu. Face à un jury d'examen, le niveau de langue familier est proscrit.

1 Choisir le niveau de langue qui convient

- Pour éviter tout registre familier, n'hésitez pas à consulter un dictionnaire et, pour la syntaxe, demandez conseil à vos professeurs.

> **Attention !**
> Ne cédez ni à la facilité ni à l'affectation !

- Selon votre personnalité, votre sujet ou les effets requis, vous utiliserez à l'oral une langue courante ou soutenue.

2 Éviter le lexique familier

- Voici quelques exemples de variations lexicales et syntaxiques selon le niveau de langue.

Vocabulaire familier*	Vocabulaire courant	Vocabulaire soutenu
Bosser	Travailler	Œuvrer
Embêter	Ennuyer	Importuner
En avoir marre	En avoir assez	Être excédé
Être à la bourre	Être en retard	Tarder
Jeter l'éponge	Abandonner	Renoncer
Piquer	Voler	Dérober
Rendre son tablier	Démissionner	
Se balader	Se promener	
S'en mettre plein les poches	Gagner beaucoup d'argent	S'enrichir
Se fringuer	S'habiller	Se vêtir
Se gourer	Se tromper	Se méprendre
Un bouquin	Un livre	Un ouvrage
Moche	Laid	Hideux
Radin	Avare	Pingre
Super sympa	Très sympathique	Fort bienveillant
Ça	Cela	

*** Vulgarités, mots tronqués, images populaires.**

- Vous ajouterez à ces exemples les mots à la mode qui appartiennent eux aussi au langage familier **(voir fiche 40)**.

3 Éviter les constructions de phrases familières

- Lorsque vous vous adressez à votre jury :
  - pensez à la double négation : *ne… pas* ; *rien… ne* ;
  - soignez la construction interrogative : *est-ce que* ou bien inversion du sujet ;
  - évitez les abréviations : *télé, ciné…* ;
  - évitez les anglicismes : *un coach*, *une séance de training…* ;
  - évitez les phrases nominales ou inachevées et privilégiez les constructions complexes (subordination) ;
  - évitez les incorrections lexicales **(voir fiches 39 et 40)** et syntaxiques **(voir fiches 41 et 42)**.

À lire

Exercices de style de Raymond Queneau (1947).

- Évitez notamment les constructions familières suivantes :

Niveau familier	Niveau courant	Niveau soutenu
Il faut pas…	Il ne faut pas…	Je suis tenu de ne pas…
On va au ciné ?	Est-ce que nous allons au cinéma ?	Allons-nous au cinéma ?
Mon frère, il est prof de français	Mon frère est professeur de français.	Mon frère enseigne le français.
Du coup j'ai dû couper mon speech.	Ainsi, j'ai dû abréger mon discours.	Ainsi ai-je dû écourter mon discours.

4 Soigner votre prononciation

- Lorsque vous vous adressez à vos camarades, vous avez sans doute tendance à supprimer certaines lettres ou syllabes. Évitez ce défaut d'articulation et cette prononciation qui relève du registre familier **(voir fiche 57)**.

  Ex. : J'suis sorti. → Je suis sorti.

- Pensez également à marquer les liaisons.

ENTRAÎNEMENT

→ *Corrigés p. 152*

1 Remaniez ces phrases dans un niveau de langue courant ou soutenu :
a) Ce livre est super sympa. **b)** Elle s'en fiche de lui faire de la peine. **c)** Il en avait marre de son boulot. **d)** Il ne répond à aucun appel car il est surbooké. **e)** T'inquiète ! Pour les réservations je gère. **f)** Il y a beaucoup d'encombrements mais ça va le faire.

2 Répondez oralement aux questions suivantes en adoptant un niveau de langue courant ou soutenu.
a) Comment expliquez-vous cette notion d'« outrenoir » dont Pierre Soulages est le créateur ? **b)** Que pensez-vous de la loi Leonetti de 2005 sur les situations de fin de vie ?

FICHE 45

Bien utiliser les figures de style

L'éloquence suppose de maîtriser le sujet traité et la langue employée. Mais, pour capter l'attention de l'auditoire, parler correctement ne suffit pas, il faut savoir manier avec finesse le lexique, les rythmes, tout ce qui relève de la rhétorique.

1 Maîtriser la rhétorique pour emporter l'adhésion

- Choisissez avec soin la tonalité de votre discours et employez les procédés de style adaptés.
  - La tonalité polémique convient pour prendre position dans un débat qui suscite des controverses passionnées : utilisez des hyperboles, des formules percutantes, un lexique mélioratif ou péjoratif.
  - La tonalité comique peut contribuer à discréditer la thèse adverse en faisant rire ou sourire l'auditoire : utilisez des euphémismes (humour), des antiphrases (ironie), des antithèses, des hyperboles.
  - La tonalité pathétique touche l'auditoire, l'amène à éprouver de l'empathie, voire de la compassion pour les personnes que vous évoquez : recourez aux hyperboles, au lexique de la souffrance ou de la misère.

> **Citation**
>
> « Il semble que la logique est l'art de convaincre de quelque vérité ; et l'éloquence un don de l'âme, lequel nous rend maîtres du cœur et de l'esprit des autres ; qui fait que nous leur inspirons ou que nous leur persuadons tout ce qui nous plaît. »
>
> La Bruyère, *Les Caractères*, « Des ouvrages de l'esprit », 1688.

- Durant le temps de préparation, il vous sera difficile de rédiger des passages de votre exposé en employant des procédés de style. Pour cette raison, pensez à rédiger et mémoriser votre discours durant l'année de façon à n'avoir qu'à noter des phrases-clés sur votre brouillon le jour J.
- Vos intonations devront mettre en relief les procédés que vous avez employés. Il est nécessaire de vous entraîner plusieurs fois devant un auditoire pour vérifier que le rythme de vos phrases est satisfaisant et pour adapter votre élocution.

> **Conseil**
>
> Pour s'assurer du bon équilibre de ses phrases, le romancier Gustave Flaubert les soumettait à l'épreuve dite du « gueuloir » : il s'agissait de les hurler dans sa maison de Croisset puis de les corriger si besoin. N'hésitez pas à en faire autant pour ajuster votre discours.

2 Éviter les abus ridicules et trouver une juste mesure

- Certains procédés, comme l'hyperbole, jouent un rôle dans plusieurs tonalités : ils peuvent être pathétiques si on les utilise avec mesure mais deviennent comiques si on force le trait. Soyez sensible à l'effet produit par le discours que vous avez préparé. N'hésitez pas à demander un avis à vos proches et particulièrement à des adultes.
- Par ailleurs, vous vous adressez à des professeurs dans le cadre d'un examen et votre ton doit rester mesuré. N'abusez pas des procédés de style et choisissez les passages où ils seront les bienvenus.
- Le jury n'attend pas non plus de vous une scène de théâtre ou le sketch d'un humoriste. Soyez prudent : ce qui accroche vos amis, notamment sur le mode comique, pourrait déplaire aux professeurs qui vous écoutent.
- Il va de soi que certaines spécialités et certains sujets se prêtent davantage que d'autres aux effets de rhétorique. Ainsi, le jury pourra apprécier qu'un candidat qui annonce vouloir devenir avocat joue la carte de l'éloquence.

Citation

« Ampoulé
À l'heure où commencent à se gercer les doigts roses de l'aurore, je montai tel un dard rapide dans un autobus à la puissance stature et aux yeux de vache de la ligne S au trajet sinueux. Je remarquai, avec la précision et l'acuité de l'Indien sur le sentier de la guerre, la présence d'un jeune homme dont le col était plus long que celui de la girafe au pied rapide, et dont le chapeau de feutre mou fendu s'ornait d'une tresse, tel le héros d'un exercice de style. »

Raymond Queneau, *Exercices de style*, 1947.

Attention !

Un recours brillant aux figures de style et une aisance devant le jury ne pallieront jamais un contenu défaillant.

FICHE 46

Utiliser les figures d'insistance

En utilisant des figures d'insistance, vous pourrez donner de la force à votre oral et surtout mettre en valeur les éléments-clés de votre propos.

> **Conseil**
> En diversifiant les figures d'insistance, vous montrerez votre bonne maîtrise de la rhétorique et vous éviterez de lasser votre auditoire.

1 Les figures de répétition

- La répétition est la reprise d'un terme ou d'une expression. Elle vous permettra de capter l'attention du jury à condition de l'employer de façon pertinente en soulignant les mots importants.

  Ex. : « Je crois que, dans son ensemble, le Parti a ***peur***. Il a ***peur*** des communistes. Il a ***peur*** du qu'en-dira-t-on communiste. C'est avec anxiété que vous vous demandez à tout instant : « Mais que feront les communistes ? Et si les communistes ne votaient pas comme nous ?... « La polémique communiste, le dénigrement communiste, agissent sur vous, vous gagnent à votre insu et vous désagrègent. »

  Léon Blum, Paris, 29 août 1946.

- Quand le mot repris est en tête de phrase, on parle d'anaphore.

  Ex. : « ***Cette guerre*** n'est pas limitée au territoire malheureux de notre pays. ***Cette guerre*** n'est pas tranchée par la bataille de France. **Cette guerre** est une guerre mondiale. »

  Charles de Gaulle, 18 juin 1940.

- Vous pouvez aussi reprendre un mot en fin de phrase : c'est le procédé de l'épiphore.

  Ex. : « Je veux que chacune et chacun puisse travailler dans notre pays ***plus facilement***, que les entrepreneurs embauchent ***plus facilement***, que les entrepreneurs investissent ***plus facilement***, mais que chacune et chacun puisse aussi travailler ***plus facilement*** et soit mieux récompensé de son travail. »

  Emmanuel Macron, discours de Clermont-Ferrand, 7 janvier 2017.

- On nomme anadiplose la reprise d'un mot qui termine une phrase ou une proposition, dans la phrase ou la proposition qui suit.

  Ex. : « Je vis ce beau ***Lyon***, ***Lyon*** que tant je prise »

  Joachim du Bellay, *Les Regrets*, 1558.

2 La paronomase

La paronomase consiste à employer un terme qui, par les sons, est proche d'un autre mot. Elle contribue à créer une formule percutante que l'on retient aisément.

Ex. : « Quand la France aura fait entendre sa voix souveraine, il faudra se ***soumettre*** ou se ***démettre***. »

Gambetta, discours de Lille, 15 août 1877.

Exemples

La paronomase est un procédé courant dans les proverbes : *Qui vole un œuf, vole un bœuf* ; *Qui se ressemble, s'assemble* ; *Comparaison n'est pas raison* ; *Ad augusta per angusta* (Vers la gloire par des chemins étroits).

3 La redondance

La redondance consiste à énumérer des mots de sens voisins pour permettre à votre auditoire de bien comprendre ce que vous voulez dire. À l'oral, vous devrez souligner cette redondance de façon à indiquer qu'elle est un choix et non une maladresse.

Ex. : **1. Pour expliquer votre propos dans un sujet d'histoire de l'art :** Un des thèmes récurrents de la mosaïque byzantine est la représentation du Christ ***pantocrator***, ***tout puissant***, ***en gloire***.

2. Pour sensibiliser votre auditoire à la misère des enfants soldats : Comment ne pas être sensible à la ***misère***, à la ***souffrance*** de ces enfants soldats, prisonniers d'un système, esclaves d'un régime ?

Citation

« C'est une figure par laquelle on ajoute à l'expression de la pensée, pour en augmenter la clarté ou l'énergie, des mots d'ailleurs inutiles pour l'intégrité grammaticale. Tous les jours nous entendons dire, ou nous disons nous-mêmes : *Je l'ai vu de mes yeux, de mes propres yeux.* »

Pierre Fontanier, *Les Figures du discours*, 1821-1830.

4 Le parallélisme syntaxique

Le parallélisme est l'emploi d'une même construction dans deux phrases ou dans deux propositions. Il peut rythmer votre discours et lui donner de la force.

Ex. : « Que la liberté règne.
Que le soleil ne se couche jamais sur une réalisation aussi éclatante !
Que Dieu bénisse l'Afrique ! »

Conclusion du discours de Nelson Mandela, Pretoria, 10 mai 1994.

ENTRAÎNEMENT

Lisez à haute voix les exemples proposés dans la fiche en mettant en relief les différentes formes d'insistance.

FICHE 47

Utiliser les figures d'amplification et d'atténuation

En choisissant un mot plutôt qu'un autre, en adoptant une construction particulière, vous pouvez grossir ou au contraire minimiser la réalité. Les procédés d'amplification et d'atténuation produisent sur l'auditoire des effets variés et doivent être maniés avec discernement.

Citation

« *L'hyperbole exprime au-delà de la vérité pour ramener l'esprit à la mieux connaître.* »
La Bruyère, *Les Caractères*, « Des ouvrages de l'esprit », 1688.

1 Les figures d'amplification

- L'hyperbole est le procédé de l'exagération : lexique et syntaxe permettent de gonfler les faits exprimés de façon à frapper l'auditoire. On emploie ce procédé pour susciter l'admiration ou la réprobation, pour émouvoir ou faire rire. Il convient donc de bien mesurer l'effet produit. Pour cela, pensez à vous exercer devant des proches et vérifiez que leurs réactions sont bien celles que vous attendiez.

  Ex. : « Les digues de la raison se sont ***rompues***, les sécurités judiciaires se sont évanouies, le scénario du ***pire*** s'est mis en place : l'émotion ***tellement*** plus forte que la raison, la parole de l'enfant ***sacralisée*** qui devient une preuve, la ***pauvreté*** des investigations, la ***négation*** de la présomption d'innocence. »

  Plaidoirie de Maître Hubert Delarue, le 29 juin 2004, devant la cour d'assises de Saint-Omer (affaire dite « d'Outreau »).

- L'accumulation, dans une énumération, produit un effet de saturation, de désordre. Il est donc judicieux de ne l'employer que dans ce but pour discréditer la thèse adverse, ou dénoncer une situation inacceptable.

  Ex. : Alors que nous mesurons les conséquences de la surconsommation, les publicités de toute nature nous poussent à désirer acquérir un téléviseur dernière génération, un téléphone portable et un mixeur multifonction, un camion de pompiers pour le petit dernier, un lot de six paquets de biscuits enrichis en graisses saturées et conservateurs, un aspirateur qui vit sa vie, un ordinateur ultra-autonome et sa batterie ultra-difficile à recycler, un 4×4 dont les pare-buffles sont indispensables en ville…

- La gradation exprime, quant à elle, une progression du sens. Les mots énumérés sont de plus en plus (parfois de moins en moins) forts. À l'oral, vous devrez faire entendre l'ampleur de la gradation.

Ex. : Alors que nous mesurons les conséquences de la surconsommation, les publicités de toute nature nous poussent à désirer acquérir des objets de plus en plus imposants et difficiles à recycler : un porte-clés en plastique, un téléphone portable dernière génération, un éplucheur-batteur-mixeur-cuiseur et ses accessoires, un aspirateur qui vit sa vie dans notre appartement, un 4×4 dont les pare-buffles sont indispensables en ville… (→ Les objets sont de plus en plus volumineux.)

2 Les figures d'atténuation

- La litote suggère que le mot employé doit être pris dans un sens beaucoup plus fort que ce qui est littéralement exprimé. Vous pouvez recourir à la litote pour discréditer ironiquement une situation que vous désapprouvez. Il faudra veiller à ce que l'auditoire comprenne bien ce que vous voulez dire.

Citation

« Va, je ne te hais point » dit Chimène à Rodrigue qu'elle aime (Corneille, *Le Cid*, 1637). Cette célèbre litote exprime un amour interdit.

Ex. : Sujet sur le cyber-harcèlement : Vous devinez qu'une salve nourrie et constante de messages injurieux amène la victime du cyber-harcèlement ***à commencer à douter de ses qualités***. Mais le bouc émissaire sait-il que ***le petit jeu de ses amis*** soude le groupe, comme le montre le philosophe René Girard ?

- L'euphémisme cherche à rendre plus supportable une réalité difficile. Vous pourrez recourir à cette figure pour éviter de choquer votre auditoire lorsque vous exposez une situation violente ou bouleversante.

Ex. : Nombreux sont les migrants qui, embarqués sur des navires de fortune, ***n'atteindront jamais leur rêve***.
L'euphémisme, qui repose ici sur une périphrase, permet d'évoquer avec pudeur, par respect pour ceux qui ont ainsi péri, le drame des migrations clandestines.

ENTRAÎNEMENT

Lisez à haute voix les exemples relatifs aux figures d'amplification proposés dans la fiche.

FICHE 48 Utiliser les figures d'analogie et d'animation

Pour faire comprendre ce que vous voulez dire, rendre concret votre exposé, vous disposez des figures d'analogie et d'animation. Ces procédés permettent également de toucher, voire de surprendre, l'auditoire en employant des images concrètes.

1 Les figures d'analogie

- La figure de la comparaison est explicite : le comparé (ce que vous voulez dire), le comparant et l'outil de comparaison sont formulés. On a recours à ce procédé pour exposer clairement sa pensée, notamment quand on s'adresse à un jury dont l'un des membres n'est pas un spécialiste. Les exposés de vulgarisation scientifique procèdent souvent de cette manière et apprécient la force pédagogique de la démarche analogique.

Ex. : Le discours suivant, consacré à l'imagerie médicale, s'ouvre sur une analogie : « Pour commencer, revenons quelques siècles en arrière pour assister à une autre leçon, immortalisée par Rembrandt en 1632 : *La Leçon d'anatomie du docteur Tulp*. Ce tableau nous enseigne un principe central en imagerie médicale : il ne suffit pas d'observer l'intérieur du corps humain pour comprendre son organisation et son fonctionnement. »
Plus loin, l'analogie est reprise dans la figure de style de la comparaison. Cette dernière joue un rôle similaire de vulgarisation : « Comme dans la toile de Rembrandt, le modèle computationnel personnalisé peut être projeté dans les images pour faciliter leur interprétation, et donc assister le diagnostic. »

Nicholas Ayache, « Des images médicales au patient numérique », leçon inaugurale prononcée le jeudi 10 avril 2014 au Collège de France.

- La figure de la métaphore est plus subtile car l'outil de comparaison est absent. Le comparé peut lui aussi ne pas apparaître et c'est alors à l'auditoire de comprendre de quoi il s'agit. À l'oral, la métaphore est souvent le prolongement d'une comparaison, figure plus explicite et accessible. Elle peut constituer le fil directeur d'une partie de votre exposé ou de votre réponse.

À savoir

Quand la métaphore se poursuit sur plusieurs termes, on parle de **métaphore filée**. Elle contribue à unifier le discours et s'avère plus immédiatement compréhensible qu'une métaphore isolée.

Ex. : « Avec une telle foi, nous pourrons ***tailler*** dans la ***montagne*** de désespoir une ***pierre*** d'espérance. Avec une telle foi, nous pourrons faire de la cacophonie discordante de notre nation une magnifique symphonie de diversité. »

Martin Luther King, discours de la Marche sur Washington, 28 août 1963.

2 Les figures d'animation

- La personnification consiste à attribuer à un animal, un objet, un phénomène, des traits de caractère spécifiquement humains. Cette démarche anthropomorphique (qui ramène une réalité à l'homme) est un bon outil de vulgarisation à condition de ne pas infantiliser le jury. N'oubliez pas que vous vous adressez à des professeurs…

Ex. : « Et c'est un vieux pays, la France, d'un vieux continent comme le mien, l'Europe, qui vous le dit aujourd'hui […]. Il croit en notre capacité à construire ensemble un monde meilleur. »

Dominique de Villepin, discours devant le Conseil de sécurité des Nations unies, 14 février 2003.

- L'allégorie consiste à attribuer à une idée abstraite (la paix, l'amour, la guerre…) des caractéristiques humaines. Elle permet de donner vie à votre discours à condition d'être employée avec discernement. Cette fois encore, les attentes du jury ne sont pas les mêmes selon les spécialités et sans doute cette figure intéressera-t-elle peu les disciplines scientifiques. Mais les apprentis avocats ou politiciens auront peut-être à cœur de démontrer leur habileté à manier cette figure très prisée dans l'Antiquité.

Ex. : « La Renommée parcourt les grandes villes de Libye,
La Renommée de tous les maux le plus véloce :
Sa mobilité lui donne de la vigueur, et la marche accroît sa force. »

Virgile, *Énéide IV*, Ier siècle av. J.-C.

FICHE 49

Utiliser les figures d'opposition et de substitution

Pour marquer ou surprendre votre auditoire, vous disposez également de procédés spécifiques qui soulignent une opposition ou permettent de parler de façon détournée.

1 Les figures d'opposition

- L'antithèse consiste à employer dans un même passage deux mots ou expressions de sens contraire. La syntaxe met souvent en valeur l'opposition lexicale. À l'oral, vous appuierez les mots concernés.

Citation
« *To be or not to be* »
Shakespeare, *Hamlet*, 1598.

Ex. : « C'est la réponse donnée par des jeunes et des vieux, des riches et des pauvres, des démocrates et des républicains, des Noirs, des Blancs, des Hispaniques, des Asiatiques, des Amérindiens, des homos, des hétéros, des handicapés et des valides. »

Barack Obama, *Yes we can*, Chicago, 4 novembre 2008.

- Le chiasme reprend en les croisant des termes ou des groupes de mots de façon à frapper l'attention des auditeurs en éclairant le plus souvent une opposition. À l'oral, le chiasme sera de préférence bref pour être immédiatement perceptible.

Ex. : « Il faut ***manger*** pour ***vivre*** et non pas ***vivre*** pour ***manger***. »

Molière, *L'Avare*, 1668.

- Lorsque deux termes antithétiques sont réunis et se rapportent à la même personne, au même objet ou au même fait, on parle d'oxymore. Ce procédé est destiné avant tout à surprendre le destinataire, voire à le choquer pour l'amener à réagir.

Ex. : Voltaire définit la guerre comme une « boucherie héroïque » et Jacques Brel évoque « une jeunesse vieille ».

- Le paradoxe est un énoncé surprenant, contraire aux vérités communes, apparemment illogique. Il se manifeste souvent par le rapprochement de termes opposés. En recourant au paradoxe, vous capterez l'attention de votre jury.

Ex. : **1.** « L'homme n'est ni ange, ni bête, et le malheur veut que qui veut faire l'ange fait la bête. » Pascal, *Pensées*, 1669.
2. « La propriété, c'est le vol ! », Pierre-Joseph Proudhon, *Qu'est-ce que la propriété ?*, 1840.

2 Le détour : la tonalité ironique et la figure de l'antiphrase

Pour amener ceux qui vous écoutent à réagir, vous pouvez recourir au procédé de l'antiphrase qui consiste à laisser entendre le contraire de ce que vous dites. Vous devrez manier cette figure avec précaution afin d'éviter tout malentendu.

Ex. : La Bruyère dénonce la question (interrogatoire recourant à la torture) : « La question est une invention merveilleuse et tout à fait sûre pour perdre un innocent qui a la complexion faible, et sauver un coupable qui est né robuste. »

Les Caractères, « De quelques usages », 1696.

3 Le détour : les figures de substitution

- La périphrase est une expression qui vient se substituer à un mot unique. Elle évite la répétition ou l'évocation trop crue d'une situation délicate **(voir fiche 47)**. Elle indique un aspect particulier de la personne ou de l'objet suggérés.

Exemples

Certaines périphrases sont entrées dans le langage courant : *la ville éternelle* pour désigner Rome, *la ville lumière* pour évoquer Paris, *la cité phocéenne* pour parler de Marseille…

Ex. : La Fontaine, pour donner toute sa grandeur au chêne, dans « Le chêne et le roseau », conclut sa fable avec une longue périphrase :
« Le vent redouble ses efforts,
Et fait si bien qu'il déracine
Celui de qui la tête au ciel était voisine
Et dont les pieds touchaient à l'empire des morts. »

- La métonymie remplace ce que l'on veut désigner par un objet voisin. Les métonymies sont souvent lexicalisées, c'est-à-dire entrées dans le langage courant : on parlera ainsi d'« un premier violon » pour désigner « l'instrumentiste ». Lorsque le procédé consiste à remplacer le tout par la partie ou la partie par le tout, on parle de synecdoque : « une voile (la partie) à l'horizon » pour suggérer « un voilier » (le tout). Vous pourrez recourir à votre tour à ces procédés pour opérer des raccourcis ou imager votre propos. Évitez toutefois les clichés (« *le tarmac* » des journalistes pour désigner « l'aéroport » par exemple) et les rapprochements trop surprenants.

ENTRAÎNEMENT

Lisez à haute voix les exemples relatifs aux figures d'opposition proposés dans la fiche.

FICHE 50 Solliciter l'attention du jury

À l'oral, la présence immédiate de ceux à qui vos propos sont destinés vous amène à recourir à des procédés qui interpellent l'auditoire. Vous veillerez à ne pas abuser de ces figures et vous vérifierez qu'elles sont appropriées à votre sujet et à vos interlocuteurs.

1 L'apostrophe

L'apostrophe consiste à interpeller vivement la ou les personnes à qui l'on s'adresse. Elle est détachée dans la syntaxe et mise en relief par l'orateur.

Ex. : « **Mes amis**, au secours… Une femme vient de mourir gelée, cette nuit à trois heures, sur le trottoir du boulevard Sébastopol. »

Abbé Pierre, *Appel de l'hiver 1954*.

2 Le choix des pronoms, des déterminants et de l'impératif

- À l'oral, vos destinataires sont devant vous et il est naturel d'employer le pronom « vous ». Le pronom « nous » peut vous désigner vous-même (*nous présenterons*…) mais aussi s'avérer un moyen habile d'inclure le jury, à condition que ce dernier, distant par l'âge et le statut, puisse se reconnaître dans ce « nous ». Le pronom « je », quant à lui, exprime votre investissement personnel.

Ex. : « Il est très probable que les milliards de galaxies qui vont bientôt être cataloguées vont ***nous*** aider à comprendre la formation de ***notre*** Univers et à résoudre les mystères dont ***j***'ai parlé dans cette leçon. »

François Combes, « La matière noire dans l'univers », leçon inaugurale au Collège de France, 18 décembre 2014.

- Le mode impératif, souvent employé dans les discours des avocats ou des hommes politiques, peut être un moyen de solliciter énergiquement votre auditoire.

Ex. : « Vous savez le prix que la France attache, depuis l'origine de la crise iraquienne, à l'unité du Conseil de sécurité. Cette unité repose aujourd'hui sur deux éléments essentiels. Nous poursuivons ensemble l'objectif d'un désarmement effectif de l'Irak. Nous avons en ce domaine une obligation de résultat. ***Ne mettons pas*** en doute notre engagement commun en ce sens. Nous assumons collectivement cette lourde responsabilité qui ne doit laisser place ni aux arrière-pensées, ni aux procès d'intention. ***Soyons clairs*** : aucun d'entre nous n'éprouve la moindre complaisance à l'égard de Saddam Hussein et du régime iraquien. »

Dominique de Villepin, discours devant le Conseil de sécurité des Nations unies, New York, 14 février 2003.

3 L'interjection

L'interjection est un mot isolé, inséré en position détachée dans un discours pour exprimer une émotion que l'auditoire saura interpréter : colère, impatience, regret... L'interjection peut ponctuer un raisonnement, donner du relief à des propos qui risqueraient de sembler froids. Elle pourra manifester votre implication.

Ex. : « Chaque peuple paraît à travers les rues de l'Europe avec sa petite torche à la main et maintenant voilà l'incendie. ***Eh bien !*** citoyens, nous avons notre part de responsabilité. »

Jean Jaurès, discours à Lyon, le 25 juillet 1914.

4 L'interrogation rhétorique (question oratoire)

- Si l'interrogation rhétorique n'attend pas de réponse c'est que cette dernière est sous-entendue.
- En créant l'illusion d'introduire une objection ou une délibération, la question oratoire peut amener le destinataire à adhérer au raisonnement.

Conseil

Votre attitude (**voir fiches 55 et 56**) doit également montrer que vous prenez en compte votre auditoire.

Ex. : « Je me demande comment cet homme est devenu si riche : lui a-t-on laissé un ample patrimoine ? Tous les gens de son père ont été vendus. Lui est-il survenu quelque héritage ? Non, tous ses parents l'ont déshérité. »

Anonyme, *La Rhétorique à Hérennius*, Ier siècle av. J.-C.

L'interlocuteur a été ici empêché de répondre et a été guidé dans sa réflexion.

- L'interrogation rhétorique a en général la force d'une affirmation. Elle peut exprimer l'indignation du locuteur et toucher la sensibilité de l'auditoire.

Ex. : Ne devrions-nous pas préférer des pommes de nos campagnes aux litchis de Madagascar ?

- Elle peut aussi permettre de relancer la réflexion en sollicitant l'attention.

Ex. : Nous parlons de domotique. Mais de quoi s'agit-il exactement ?

FICHE 51 Établir une connivence avec le jury

Si les figures de style sont un ornement essentiel de l'art oratoire, il existe d'autres moyens de renforcer l'impact du discours. Ils relèvent de l'explicite ou de l'implicite et créent une complicité avec ceux qui vous écoutent.

1 La prétérition

- La prétérition (du latin *praetereo*, passer sous silence) est une figure par laquelle on feint de taire un propos, afin de mieux en faire sentir l'importance. On annonce qu'on n'abordera pas tel ou tel sujet tout en l'abordant (« Ai-je besoin de vous dire que... ? »).
- La prétérition éveille l'attention, attise la curiosité de l'auditeur. Elle introduit une connivence en insistant sur l'évidence de ce qui va être dit.

Ex. : 1. « Je ne vous peindrai point le tumulte et les cris,
Le sang de tous côtés ruisselant dans Paris »

Voltaire, *La Henriade*, 1723.

2. Je ne rappellerai pas qui est Steve Jobs, l'inventeur américain visionnaire, le pionnier du numérique, le fondateur de l'entreprise Apple...

2 Les phrases inachevées

- Solution de facilité, hésitation, les phrases inachevées sont aussi un moyen de capter l'attention de l'auditeur en l'invitant à poursuivre votre pensée, à partager votre point de vue, voire à conclure vos propos.
- L'aposiopèse (du grec, action de s'interrompre en parlant) ou réticence est le procédé inverse de la prétérition. On pense en avoir dit assez pour être compris et on retient son émotion.

Citation

« Nous vivons dans un monde qui a complètement perdu l'usage du point-virgule, nous parlons tous par phrases inachevées avec trois petits points sous-entendus, parce que nous ne trouvons jamais le mot juste. »
Jean Anouilh, *La Répétition*, 1950.

Ex. : 1. Les éoliennes sont la solution de l'avenir à moins que...
2. La laideur a droit de cité en art, même si elle peut nous surprendre...
3. Neptune invective les vents qui menacent Énée et les siens : « Osez-vous, sans ma permission, ô vents, bouleverser le ciel et la terre et soulever de telles masses ? j'ai envie de vous... ! Mais il faut d'abord apaiser les flots déchaînés ! », Virgile, *Énéide I*, Ier siècle av. J.-C.

3 L'implicite

L'implicite désigne ce qui n'est pas dit dans un énoncé clair et explicite et que l'interlocuteur doit comprendre par lui-même. Le sens de la phrase est alors suggéré. « *On ne saurait gouverner sans laconisme.* » La formule de Saint-Just ne vaut pas que pour les hommes politiques. En ne se limitant pas au mode explicite, on crée une connivence supplémentaire avec l'auditoire.

> **Définition**
> Le laconisme désigne une façon de s'exprimer particulièrement concise : à l'auditoire de comprendre quelle intention se cache derrière la formule laconique.

Ex. : **1.** *Il est tard.* À l'auditeur de comprendre que la rencontre est terminée !
2. Lionel Jospin : « La France a retrouvé son rang de chef de file au sein des grandes nations. » Le verbe « retrouver » suggère que ce rang a été perdu : c'est un présupposé.
3. « L'importance du budget engagé, l'excellence de la distribution et le nombre – considérable – des figurants... et des chevaux engagés ne rendent pas compte de l'essentiel : *Kagemusha* est un moment de cinéma exceptionnel », *Actua Ciné*, 1980. Le critique du film de Kurosawa a beau nous assurer que l'essentiel est ailleurs, la précision des informations énumérées nous invite à penser qu'il s'agit surtout d'un film à grand spectacle.

4 L'ironie

Manière de laisser entendre autre chose que ce que l'on dit littéralement, l'ironie met à distance un énoncé en montrant que le locuteur s'en désolidarise. Pour être comprise, elle suppose une complicité avec ceux auxquels on s'adresse. À manier avec prudence dans le cadre de l'Oral !

Ex. : **1.** « Le sucre serait trop cher, si on ne faisait travailler la plante qui le produit par les esclaves. »
Montesquieu, « De l'esclavage des nègres », *De l'Esprit des lois*, 1748.
2. C'est bien connu, le Parti a toujours raison.

FICHE 52 Utiliser des formules percutantes et des citations

Pour renforcer votre argumentation et stimuler l'attention du jury, vous pouvez recourir aux citations ou adopter des formules percutantes.

1 Les formules percutantes

Brèves et efficacement ciselées, elles interviendront à un moment-clé de l'argumentation mais pourront aussi marteler le discours en soulignant sa ligne directrice. Vous puiserez dans les ressources des figures de style pour varier les effets et marquer votre auditoire. Ces phrases lapidaires synthétiseront le cœur de votre message.

> **Exemple**
>
> La rhétorique politique a dû s'adapter aux exigences médiatiques et utilise ces formules acérées : « *Nous sommes tous des immigrés, seule notre date d'arrivée change* », Jean-Louis Borloo, 2011.

Ex. : **1.** « L'amour, c'est l'infini mis à la portée des caniches », Céline, *Voyage au bout de la nuit*, 1932.

2. « De l'audace, encore de l'audace, toujours de l'audace », Danton, 2 septembre 1792.

3. « À la chambre des communes, je dirai comme j'ai dit à ceux qui ont rejoint le gouvernement : je n'ai rien d'autre à vous offrir que du sang, du labeur, des larmes et de la sueur », Winston Churchill, discours devant la Chambre des communes, 13 mai 1940.

4. « Demain, grâce à vous, la justice française ne sera plus une justice qui tue », Robert Badinter, discours de présentation du projet de loi relatif à l'abolition de la peine de mort, 17 septembre 1981.

5. « Messieurs, il vous appartient aujourd'hui de dire que l'ère d'un monde fini commence », Gisèle Halimi, plaidoirie du 8 novembre 1972 devant le tribunal de grande instance de Bobigny.

2 Les citations

- Puisées dans une culture commune, elles assurent un lien entre le candidat et les examinateurs.
- Veillez à les choisir judicieusement et à citer correctement.

> **Attention !**
>
> Ne multipliez pas les citations. Elles ne sauraient se substituer à un argument. Elles le renforcent, lui donnent vie.

■ Exemples

– À propos d'un sujet sur le droit des femmes, la citation de l'avocate Gisèle Halimi qui s'identifie à la cause défendue dans sa plaidoirie du 8 novembre 1972 devant le tribunal de grande instance de Bobigny.

« Elles sont ma famille. Elles sont mon combat. Elles sont ma pratique. »

– À propos de la démocratie américaine, cette citation de Claudel, ambassadeur de France devant la Société des Cincinnati, 1928.

« C'est au bras de la noblesse de France que la démocratie américaine a fait son entrée dans le monde. »

– À propos de l'engagement de l'écrivain, la citation d'Albert Camus extraite de son discours de Stockholm, 10 décembre 1957.

« L'art n'est pas à mes yeux une réjouissance solitaire. Il est un moyen d'émouvoir le plus grand nombre d'hommes en leur offrant une image privilégiée des souffrances et des joies communes. »

Conseils

Pour trouver des citations en lien avec votre thème, vous pouvez entrer un mot-clé dans un site dédié, tel dicocitations.lemonde.fr. Veillez à choisir des auteurs reconnus.

– À propos du réchauffement climatique, les propos visionnaires de Jacques Chirac, président de la République, lors de son discours d'ouverture au sommet de la Terre, 2 septembre 2002, à Johannesburg.

« La nature mutilée, surexploitée, ne parvient plus à se reconstituer, et nous refusons de l'admettre. L'humanité souffre. Elle souffre du mal développement, au Nord comme au Sud, et nous sommes indifférents. La Terre et l'humanité sont en péril, et nous en sommes tous responsables. »

– Vous pourrez préférer cette citation plus courte et imagée, extraite du même discours.

« Notre maison brûle et nous regardons ailleurs. »

– À propos d'un sujet sur la parité hommes-femmes, la réflexion de Simone Veil dans *Une vie*, 2007.

« La problématique de l'inégalité des chances et des mesures correctives qu'elle appelle, chacun sait très bien qu'elle va très au-delà de la question de la parité entre les hommes et les femmes. Elle est évidemment au cœur des questions d'intégration et de cohésion sociale. »

– À propos d'un sujet sur l'apartheid, la mise en garde de Nelson Mandela dans *Un long chemin vers la liberté*, 1990.

« Nous ne sommes pas encore libres, nous avons seulement atteint la liberté d'être libres. »

MAÎTRISER LE LANGAGE NON VERBAL

FICHE 53 Prendre confiance en soi

La confiance en soi apparaît comme un atout à l'oral. Mais cette évidence mérite d'être examinée, approfondie et nuancée.

1 La place de la confiance dans l'épreuve orale

- Avoir confiance en soi permet en effet d'aborder l'exposé avec conviction puis de ne pas se laisser dérouter par les questions lors de l'entretien. Au contraire, un manque d'assurance pourrait vous amener à croire que cet oral est insurmontable, ce qui n'est pas le cas.
- Certains d'entre vous montrent plus d'assurance que d'autres et cela tient au caractère, au mode de vie, au passé de chacun. Mais rappelez-vous que :
  - parfois, la confiance dissimule une certaine fragilité. Il est possible, avec de l'entraînement, de maîtriser sa timidité pour adopter une position plus assurée ;
  - l'adolescence est une période de changements. La quête d'identité qui la définit explique la fragilité, la baisse de la confiance en soi. Le jury n'attend pas de vous l'aplomb d'un homme politique aguerri ou d'un ténor du barreau ;
  - une trop grande assurance est un handicap plus qu'un atout : elle indispose l'auditoire qui risque de trouver l'orateur prétentieux ;
  - savoir douter et se remettre en question est aussi une qualité précieuse car elle seule permet de progresser.

Citation

« Ce n'est pas parce que les choses sont difficiles que nous n'osons pas, c'est parce que nous n'osons pas qu'elles sont difficiles. »

Sénèque

- Faites aussi confiance aux professeurs qui vous écoutent. Ils mesurent la difficulté de l'épreuve et se montreront bienveillants. Ils verront le travail que vous avez fourni et n'attendront pas de vous des prouesses mais sauront apprécier vos efforts et votre investissement. Ils sauront également démasquer ceux qui penseraient pallier des connaissances insuffisantes avec une mise en scène et des mots bien choisis. À l'oral, le travail est toujours récompensé.

À voir

Regardez les films *Le Brio* et *À voix haute* : repérez le peu d'aisance des adolescents au début de leur entraînement et leur assurance à la fin, lors d'un concours d'éloquence beaucoup plus ambitieux que l'Oral de Terminale. Les progrès sont possibles à condition de s'entraîner.

2 Prendre confiance : mieux se connaître

Pour prendre confiance, il ne suffit pas de se répéter des phrases positives telles que « je vais réussir » ou « je suis sûr de moi et de mes multiples talents ». Il faut d'abord apprendre à se connaître. Pour cela, dressez la liste de vos points faibles et de vos points forts. La vraie confiance en soi suppose que l'on ait mesuré ses limites et que l'on ait adopté des stratégies pour surmonter les difficultés.

3 Prendre confiance : avoir une juste représentation de l'épreuve

Une des causes du manque d'assurance est souvent une mauvaise représentation de l'examen. Cet oral, exigeant mais accessible, est pour vous l'occasion d'avoir une bonne note si vous avez travaillé. Vous aurez le plaisir de parler de ce qui vous intéresse et de montrer de quoi vous êtes capable. C'est en effet vous qui choisissez le sujet ; de plus, vous le préparez à l'avance avec toute l'aide (livres, sites, professeurs...) nécessaire. Quant à l'entretien qui vous inquiète, il vise simplement à éclairer votre réflexion et vos choix.

Citation

« Une des clés du succès est la confiance en soi. Une des clés de la confiance en soi est la préparation. »

Arthur Ashe (champion de tennis américain).

4 Prendre confiance : travailler et s'entraîner

Cette épreuve n'est pas une surprise et vous disposez de temps durant l'année pour vous y préparer. Si c'est l'organisation de l'exposé qui pose problème, cherchez le meilleur plan et soumettez vos hésitations à vos professeurs. S'il s'agit de l'oral lui-même, c'est en vous entraînant avec constance que vous parviendrez au résultat souhaité.

ENTRAÎNEMENT

1 **Notez ce qui vous semble difficile dans l'épreuve et, point après point, avec l'aide d'un camarade ou d'un adulte de votre entourage, trouvez une solution pour pallier votre fragilité.**

2 **Notez tout ce qui fait que vous allez réussir cette épreuve orale.**

FICHE 54

Maîtriser son stress

Qu'on l'appelle « stress » pour l'inscrire dans un champ d'expériences plus large ou « trac » pour se référer plus spécifiquement à ce qu'éprouve un comédien ou un musicien face à son public, la peur est une donnée incontournable de l'épreuve orale.

1 Cerner les causes du stress pour mieux le dominer

- Rares sont ceux qui n'ont pas peur de parler en public. Plutôt que d'essayer (en vain) de chasser cette peur, il vaut mieux l'accepter comme faisant partie de l'épreuve elle-même ; vous pourrez même tirer profit de son effet stimulant. Pour dominer le stress, vous devez d'abord identifier ce qui vous effraie dans cet oral :
  - S'exposer au regard des autres, risquer d'être jugé(e) et craindre de ne pas être apprécié(e) ?
  - Ne pas pouvoir se dissimuler dans un écrit, montrer ce que l'on sait et ce que l'on ne sait pas, révéler sa personnalité ?
  - Voir ceux qui vont vous noter alors qu'un correcteur que vous ne voyez pas vous inquiète moins ?
  - Être seul(e) devant un jury, ce qui n'est pas le cas en général quand vous faites un exposé ?
  - Devoir présenter un exposé comme un orateur et non comme un(e) lycéen(ne) qui récite une leçon ?
  - Devoir être réactif(ve) car, à l'oral, on ne peut pas effacer ce que l'on a dit comme à l'écrit ?

- Pour répondre à ce qui vous angoisse, dites-vous que :
  - cet oral est l'occasion de montrer ce que vous êtes capable de faire car vous avez travaillé sur un sujet qui vous tient à cœur ;
  - le jury est bienveillant et vous pouvez demander à ce qu'une question soit reformulée si elle ne vous a pas semblé claire ;
  - si vous n'aimez pas parler en public, pensez que vos camarades ou vos proches, qui peuvent vous impressionner lorsque vous vous exprimez à voix haute, n'assisteront pas à votre oral. Les élèves réservés, voire muets en classe, sont souvent à l'aise devant un jury car ils voient là l'opportunité de montrer leurs capacités et leurs connaissances sans être, cette fois-ci, confrontés au regard de leurs camarades.

2 Anticiper

- En anticipant, c'est-à-dire en vous représentant cette épreuve à l'avance, vous pourrez vous y préparer au mieux et réduire ainsi la part d'imprévu. Vous serez plus à l'aise si cet oral est un chemin balisé. Pour cela, vous devez :
  - choisir un thème dont vous parlerez avec plaisir ;
  - maîtriser votre sujet et composer votre exposé en amont de façon à ce que le temps de préparation soit un temps de révision ;
  - imaginer les questions qui pourront vous être posées et préparer les réponses ;
  - vous entraîner durant l'année en classe et chez vous.

Téléphone interdit

Vous avez peut-être pris l'habitude de regarder l'heure sur votre téléphone. Vous ne pourrez pas en disposer durant l'examen et toutes les salles ne sont pas équipées d'une horloge. Il est donc indispensable de penser à apporter une montre pour mesurer votre temps de préparation ainsi que la durée de votre exposé.

- Une organisation matérielle en vue du jour de l'épreuve contribue également à réduire la part de stress. Il est indispensable de :
  - réunir à l'avance ce dont vous aurez besoin (convocation, pièce d'identité, stylos, montre…) le jour J ;
  - repérer les lieux, établir votre trajet en prévoyant d'arriver tôt pour ne pas risquer un incident qui aggraverait votre stress.
- Si ces conseils ne parviennent pas à apaiser vos angoisses, il faudra peut-être en parler à votre médecin et envisager des activités (sport, yoga…) ou une thérapie adaptée.

3 Le jour J

- Pour apprivoiser – et non chasser – votre stress avant l'épreuve, respirez profondément. Adoptez de préférence une respiration abdominale. L'apport d'oxygène favorise la détente et, en fixant votre attention sur le va-et-vient de l'air, vous ne serez pas la proie de pensées anxiogènes.
- Vous pouvez aussi imaginer des situations amusantes ou des moments heureux : vous prendrez ainsi du recul et relativiserez l'enjeu de l'examen.
- Une heure avant votre oral, prenez un en-cas, par exemple une barre protéinée.
- Buvez de l'eau durant votre temps de préparation.
- Quand vous prenez la parole au début de l'exposé, efforcez-vous de parler lentement pour garder ensuite un rythme tranquille.

FICHE 55 Maîtriser les codes d'un examen oral

Un examen suppose des codes liés à différents domaines. Face aux deux professeurs qui vous interrogent lors du Grand Oral, vous devez naturellement respecter ces codes.

1 Les codes vestimentaires

- Quelle tenue adopter ? Si la question peut sembler anecdotique, elle a son importance. Avant d'être écouté(e), vous êtes vu(e) et votre apparence ne doit pas surprendre. La première impression compte beaucoup. Privilégiez une tenue correcte et soignée, des vêtements de couleur sobre dans lesquels vous vous sentez à l'aise.
- Évitez les coiffures excentriques, le maquillage excessif, les effets de mode (jeans troués, tee-shirts imprimés, ongles multicolores...) qui détournent l'attention de l'examinateur et risquent de brouiller le message. Gardez les cheveux attachés, ce qui découvre le visage.
- Optez pour la discrétion !

2 Les codes de politesse

- Vous vous adressez à des professeurs. Un comportement déférent et le respect des codes de politesse sont donc attendus. Si l'éloquence est l'art de bien parler, c'est aussi l'art de se conduire avec courtoisie.
- En entrant dans la salle d'examen, n'oubliez pas, sous le coup de l'émotion, la formule de politesse élémentaire : « *Bonjour Madame, bonjour Monsieur / Bonjour Mesdames / Bonjour Messieurs* ». Le « *Bonjour m'sieurs-dames* » est naturellement à proscrire !
- En sortant de la salle, saluez de la même manière, sobrement, sans ajouter de remarques inutiles ou obséquieuses : « *Au revoir Madame, au revoir Monsieur / Au revoir Mesdames / Au revoir Messieurs* ». Vous répondrez ainsi à la courtoisie que l'on aura certainement manifestée à votre égard.
- Ne commencez pas votre exposé avant d'y avoir été invité(e).

Citation

« Avec de la politesse, de l'égalité d'humeur, de la douceur et de la modestie, on réussit infailliblement dans le monde. »
Jean de La Bruyère, *Les Caractères*, « De la société », 1688.

- Au cours de l'entretien, vous écouterez attentivement les questions posées, les remarques formulées, en vous gardant d'interrompre l'examinateur, de présenter des moues désapprobatrices. Vous éviterez de laisser transparaître des émotions négatives et ne manifesterez aucun signe d'impatience, aucune mimique laissant supposer un rejet des propos écoutés. La parole et l'argumentation sont les seuls instruments de la réfutation.

3 Les codes de l'échange

- En entrant, vous adopterez d'emblée une démarche assurée, une attitude avenante suggérant un désir d'ouverture, un accueil de la pensée de l'autre.
- Au lieu de précipiter la prise de parole, vous prendrez le temps de regarder chacun des examinateurs. Un regard direct et franc instaure d'emblée des liens et invite à l'échange.

Citation

L'orateur romain Cicéron est le premier à évoquer le regard, essentiel à la communication : « Si le visage est le miroir de l'âme, les yeux en sont les interprètes. »

De Oratore, III, Ier s. av. J.-C.

- Maîtrisant votre stress, vous esquisserez un sourire, nouvelle marque d'ouverture. Un visage souriant et expressif est préférable à un visage lisse et neutre. La gamme des sourires est large. Proscrivez le sourire crispé, séducteur, ironique. Restez naturel !
- Lors de l'exposé et de l'entretien, vous soutiendrez le regard, ne baisserez pas les yeux en regardant le sol. Il s'agit au contraire de prendre en compte l'auditoire, d'aller au-devant de lui avec confiance, avec un regard vif et un visage ouvert.

N'oubliez pas !

Un dernier conseil : restez vous-même !

- Dominant votre timidité et vous interdisant toute arrogance, ayez confiance en vous, en vos capacités, au cours de l'échange que vous aurez sérieusement préparé.

FICHE 56

Adopter la bonne posture

Selon Cicéron, après en avoir choisi la matière (*inventio*), l'avoir organisée (*dispositio*), avoir arrangé les mots pour l'exprimer (*elocutio*) et éventuellement avoir mémorisé le tout (*memoria*), l'orateur doit présenter son discours à l'aide de sa voix et de ses gestes (*actio*).
Maîtriser le langage non verbal, c'est adopter la bonne posture. Au lieu de vous encombrer, le corps doit être un allié.

Citation

« L'action *(actio)* est ce qui atteint le plus profondément les cœurs. »
Cicéron, *Brutus*, Ier siècle av. J.-C.

1 La gestuelle

- Évitez les gestes parasites. De même qu'il existe des tics de langage (« *euh* », « *voilà* »), il existe des gestes parasites. Souvent réalisés de manière inconsciente, ils perturbent votre discours et entravent l'attention de ceux qui vous écoutent.

  Ex. : – se balancer de droite à gauche ou d'avant en arrière ;
  – jouer avec son stylo, son collier, ses bagues (mieux vaut donc éviter les bijoux ce jour-là !) ;
  – toucher ses cheveux, relever une mèche ;
  – se tordre les mains, signe de nervosité ;
  – tapoter la table.

Conseil

Le langage corporel doit être cohérent avec la parole. Les gestes renforcent la puissance des mots.

- Maîtrisez vos mouvements. Pour ne pas indisposer votre jury avec des gestes exagérés, vous veillerez à :
  – restreindre vos mouvements à l'intérieur d'un cercle imaginaire ;
  – éviter l'abondance de gestes, les gestes déictiques qui montrent du doigt, les gestes métaphoriques qui accompagnent certaines expressions (« faire table rase du passé »).
- Les mains informent sur la spontanéité du discours et aident à la transmission d'un message. Vous pouvez souligner l'importance de telle ou telle assertion par quelques gestes. Attention à ne pas en abuser : vous n'êtes ni un acteur, ni un avocat recourant aux « effets de manche ».
- Debout, ne vous présentez pas les mains dans les poches, attitude désinvolte. Assis, ne cachez pas vos mains. Ne les joignez pas. Posez-les plutôt sur la table, écartées ou l'une sur l'autre.

2 La posture

Première partie de l'oral (5 min)	Vous êtes debout, face au jury
Deuxième et troisième parties de l'épreuve (15 min)	Vous choisissez entre la position assise et la position debout

- Vous êtes debout
  - Veillez à vous tenir droit, la tête haute, les jambes ancrées au sol, gage de stabilité.
  - Évitez tout mouvement pendulaire d'un pied sur l'autre, tout déplacement intempestif. Le déplacement doit être significatif et limité.
  - Gardez les épaules descendues et ouvertes, les bras plutôt ouverts en signe d'accueil de la discussion.
- Vous êtes assis
  - La position assise peut aider certains d'entre vous à se concentrer.
  - Ne vous asseyez pas sur le bord de la chaise, mais sur sa première moitié. Il convient de s'installer sur le siège sans être avachi(e), le buste droit, légèrement penché vers votre interlocuteur, prêt à communiquer avec lui.
  - Ne croisez pas les jambes, mais tenez-les bien posées au sol.
  - Ne ramenez pas les pieds sous la chaise.
  - Ne croisez pas les bras, autre attitude de repli.
  - Vous pouvez appuyer vos avant-bras sur le bord de la table.
  - Maintenez la posture bien droite, évitez de vous recroqueviller au fil de l'entretien !

ENTRAÎNEMENT

1 **Travaillez votre posture au quotidien, entre amis, au lycée.**

2 **Debout, devant un miroir ou devant un ami, racontez le dernier film que vous avez vu. Observez et commentez vos gestes.**

3 **Consultez en ligne les vidéos suivantes :**
– « Décryptez les gestes des politiques », Archive INA (ina.fr) ou YouTube ;
– « Les politiques en gestes », 18/06/2016, Public Sénat ou YouTube.

FICHE 57

Acquérir une élocution fluide

Pour intéresser votre jury, vous devez être immédiatement compréhensible. Il est donc essentiel de veiller à la qualité de votre élocution. Repérez au départ vos défauts puis entraînez-vous régulièrement comme le font les professionnels.

1 Le bon rythme

- La tendance actuelle est à l'accélération y compris dans le débit de la parole. Le stress que vous ne pourrez écarter risque aussi de presser le mouvement. Rappelez-vous les récitations de votre jeunesse : on a dû vous dire plus d'une fois d'aller moins vite.
- S'entraîner à adopter un rythme posé, ni trop rapide ni trop lent, vous aidera à maîtriser votre stress. Vos arguments seront plus audibles et compréhensibles.

Conseil

Enregistrez-vous en train de lire un discours puis renouvelez l'opération en vous appliquant à le lire plus lentement. Comparez les deux lectures et tirez-en les conclusions.

2 L'articulation

- La tendance actuelle à l'accélération se double d'une articulation négligée. Les échanges entre jeunes de votre âge, rapides et peu articulés, sont parfois difficiles à comprendre pour les générations qui vous précèdent. Pour être compris(e), travaillez l'articulation.
- Pour améliorer l'articulation, il est nécessaire :
  – de parler lentement ;
  – de prononcer toutes les syllabes ; *Ex. :* On s'dit → On se dit.
  – de s'entraîner comme les comédiens ont l'habitude de le faire.

3 Les liaisons

Pour bien vous faire comprendre et montrer votre maîtrise du français, n'oubliez pas les liaisons. Faites entendre les consonnes finales des mots quand le mot qui suit commence par une voyelle ou un *h* muet.

Ex. : nous avons entendu, ils fleurissent en mai, d'autres auteurs, c'est Ambroise Paré....

Attention au *h* !

Certains *h* sont dits muets et on effectue alors la liaison comme si le mot commençait par une voyelle. Au contraire, le *h* aspiré interdit la liaison. Vérifiez dans le dictionnaire.

Ex. : un héroïsme (*h* muet), un héros (*h* aspiré).

4 Les tics de langage

- En vous enregistrant, vous repérerez aisément vos tics de langage (*bon, bien, alors, voilà, euh…*) et il suffit souvent d'en avoir conscience pour parvenir à les éliminer.
- Pour vous en débarrasser, introduisez consciemment des silences dans votre propos. Vous verrez qu'ils remplaceront avantageusement les onomatopées inutiles.
- Entraînez-vous avec de très courtes présentations pour commencer.

5 Les troubles de l'élocution

Si vous avez des troubles de l'élocution, évoquez cette épreuve orale avec votre orthophoniste, votre médecin ou l'infirmière de votre lycée. Sachez qu'il est possible, à condition de ne pas attendre la dernière minute, de demander, pour raison médicale, une épreuve adaptée à votre handicap.

ENTRAÎNEMENT

1 Lisez plusieurs fois les mots suivants en distinguant nettement les sons-voyelles en rouge. Vous pouvez faire cet exercice en maintenant un crayon entre vos lèvres.

bateau, élève, joufflu, chapeau, bougon, cheveu, velours, autour, menton, dindon, partant, essai, péril, peureux, couleur, coton, mérite, genou, étendre, éteindre, enfreindre.

2 Entraînez-vous à articuler en répétant les virelangues suivants ou d'autres que vous trouverez aisément sur Internet. Un virelangue est une expression ludique qui présente des difficultés de prononciation.

– Papier, panier, piano
– Sachez, mon cher Sasha, que Natasha n'attacha pas son chat !
– Didon, dîna dit-on, du dos dodu d'un dodu dindon.
– Tata, ta tarte tatin tenta Tonton.
– Je veux et j'exige du juge d'exquises excuses.

3 Choisissez un texte et soulignez les liaisons. Lisez-le très rapidement puis très lentement. Lisez-le enfin posément, à un rythme adapté, en articulant et sans oublier les liaisons.

FICHE 58

Utiliser sa voix pour retenir l'attention du jury

Au-delà de la simple maîtrise de l'élocution, l'utilisation de la voix est un atout important à l'oral.

1 Le volume sonore

- Vous ne devez parler ni trop fort ni trop bas. Adaptez votre voix à la taille de la salle et à la distance qui vous sépare du jury. Pour cela, entraînez-vous auparavant dans des pièces de taille variée. Si la salle est vaste, imaginez que vous vous adressez à une personne qui se tiendrait loin de vous et qui vous tournerait le dos.
- Le volume sonore n'est pas constant. Sans exagérer, faites-le varier pour ne pas lasser votre auditoire. En haussant le ton, vous exprimerez aisément votre colère ou votre indignation si le contenu s'y prête. En le baissant, vous obligerez votre jury à rester attentif et donnerez l'impression de propos intimes, confidentiels.
- Veillez surtout à adapter le volume sonore à vos arguments et exemples afin de suggérer la place qu'ils occupent dans votre démonstration.
- Pensez à souligner les figures de style que vous utilisez en haussant ou baissant la voix.

2 Les silences

- Si le solfège propose des signes pour indiquer les silences, c'est que ceux-ci font intégralement partie de la musique. Il en va de même pour l'éloquence. Les silences sont nécessaires même lorsque l'exposé ne dure que cinq minutes.
- Marquez un temps d'arrêt pour indiquer les articulations de votre propos : à la fin de l'introduction, avant la conclusion et entre chaque partie.
- Détachez les formules percutantes pour leur donner du relief.

3 Les variations de rythme

- Adoptez un rythme posé ; évitez toute précipitation **(voir fiche 57)**.
- En variant le rythme, notamment lors de l'exposé, vous éviterez la monotonie et maintiendrez éveillée l'attention du jury à condition que les variations

soient pertinentes. Détachez les phrases importantes, notamment les formules brèves, percutantes, celles qui concentrent votre pensée ou doivent accrocher le jury.

Ex. : « Il [Jean Moulin] veut donc désigner ce successeur avec l'accord des mouvements, notamment de ceux de la zone Sud. Il rencontrera leurs délégués le 21, à Caluire. Ils l'y attendent, en effet. La Gestapo aussi. »

André Malraux, discours du transfert des cendres de Jean Moulin au Panthéon, Paris, le 19 décembre 1964.

À écouter

Écoutez sur le site de l'INA (ina.fr) le célèbre discours qu'André Malraux, écrivain et ministre de la Culture, a prononcé en hommage au Résistant Jean Moulin.

- Utilisez des procédés spécifiques pour soutenir votre argumentation :

– le rythme binaire donne de la force aux formules ;

Ex. : « Nous sommes là pour dire que la **traite** et l'**esclavage** furent et sont un crime contre l'humanité. »

Christiane Taubira, « La traite et l'esclavage sont un crime contre l'humanité », 18 février 1999, Assemblée nationale.

– le rythme ternaire, très prisé des orateurs, donne de l'ampleur à votre phrase.

Ex. : « Elle [la France] a donc pratiqué la traite, ce **commerce**, ce **négoce**, ce **trafic** dont les seuls mobiles sont l'or, l'argent, les épices. »

Christiane Taubira, *id.*

4 La musicalité de la langue

- L'orateur joue sur la mélodie des phrases, sur les graves et les aigus.
- Pour varier les intonations, vous pouvez tout simplement choisir des types de phrases différents. Les exclamatives, les interrogations rhétoriques, les injonctions pourront rompre de temps à autre la monotonie de l'exposé informatif.

Ex. : « Littérature, dira-t-on ?
Spéculation intellectuelle ?
Sans aucun doute. Mais ni la littérature ni la spéculation intellectuelle ne sont innocentes ou inoffensives. »

Aimé Césaire, *Contribution sur la négritude*, Miami, 26 février 1987.

ENTRAÎNEMENT

1 Lisez la phrase suivante en adaptant la puissance de votre voix à la taille des caractères.

Pensez à notre futur. Pensez à notre futur. Pensez à notre futur.

2 Lisez la phrase suivante en variant le ton : imaginez qu'elle est prononcée par un enfant, un homme d'affaires, un médecin.

Je suis avec vous.

CORRIGÉS

Fiche 22 (p. 61)

1 **I** Un constat : 10 millions de personnes en France vivent en situation de handicap
II Si le regard sur elles a évolué
III Il reste cependant beaucoup à faire

2 « **Donc**, vous l'avez compris, je souhaite que la France soit l'un des leaders de cette intelligence artificielle, je souhaite que l'Europe soit l'un des leaders de cette intelligence artificielle. Nous en avons les moyens et nous allons en créer les conditions, **d'abord**, **parce que** je pense que c'est bon pour notre pays, **ensuite parce que** je pense que ça créé des opportunités, **enfin parce que** je pense qu'il n'y a aucune chance de prétendre en contrôler les effets ou avoir son mot à dire sur tel ou tel effet pervers **si** on a raté la bataille du début, c'est-à-dire d'être un acteur de cette aventure. »

3 **Balzac** : « Les mines d'or ne sont plus au Mexique**, mais** place de la Bourse. »
Confucius : « Tous les hommes pensent que le bonheur se trouve au sommet de la montagne **alors qu'**il réside dans la façon de la gravir. »
Flaubert : « Je crois que le succès auprès des femmes est généralement une marque de médiocrité, et c'est celui-là **pourtant** que nous envions tous et qui couronne les autres. »

Fiche 23 (p. 63)

1 **1.** Un constat historique → narration
2. La nécessité de l'argent → confirmation
3. Rejet de l'utopie et contrôle de certaines propositions (les systèmes d'échange, le freeganisme) → réfutation

3 **1.** La poésie se réfugie dans sa tour d'ivoire
2. Mais elle peut être engagée
3. Elle est essentielle parce que, coupée du monde, elle permet une réflexion sur le monde

4 **a)** L'œuvre d'art n'est pas nécessairement belle car la beauté est relative : difforme chez Botero, dissonante chez Boulez, déstructurée chez Picasso.
b) Les limites de la discrimination positive : juridiques, factuelles.

5 La presse écrite doit innover dans la forme, le fond, les langages utilisés, les modes de commercialisation.

Fiche 24 (p. 65)

1 a) **1.** Les faits (1973, 1979, 2008)
2. Les causes (crise politique, baisse de l'offre)
3. Les conséquences (financières, économiques, sociales)
b) **1.** La fin d'un monde
2. Les causes (faillites idéologiques)
3. Les conséquences (la naissance d'un siècle)

Lire sur Internet le discours prophétique d'Alexandre Soljénitsyne prononcé à Harvard le 8 juin 1978 sur le déclin de l'Occident.

c) **1.** L'urgence écologique en Inde
2. Les causes : l'industrialisation
3. Les solutions (Narendra Modi signataire de la Cop 21, les initiatives)

2 What : la mise à disposition de tablettes.
Why : en réponse au retard numérique.
Who : les élèves de 5e.
When : à la rentrée scolaire.
Where : en France.

Fiche 25 (p. 67)

1 **Le syllogisme B** est faux.
Le raisonnement est faux car la deuxième prémisse n'est pas incluse dans la première ce qui permettrait la déduction. Il faudrait avoir « Socrate est un chat » et en déduire qu'alors il est mortel.

2 **A** : Raisonnement par analogie ; **B** : Raisonnement par l'absurde ; **C** : Raisonnement inductif.

Fiche 26 (p. 71)

3 « C'est dire que la Négritude au premier degré peut se définir d'abord comme prise de conscience de la différence, comme mémoire, comme fidélité et comme solidarité.
Mais la Négritude n'est pas seulement passive.
Elle n'est pas de l'ordre du pâtir et du subir.
Ce n'est ni un pathétisme ni un dolorisme.
La Négritude résulte d'une attitude active et offensive de l'esprit.
Elle est sursaut, et sursaut de dignité.
Elle est refus, je veux dire refus de l'oppression.
Elle est combat, c'est-à-dire combat contre l'inégalité.
Elle est aussi révolte. Mais alors, me direz-vous révolte contre quoi ? »

Fiche 29 (p. 81)

1 Exorde A
Une phrase solennelle. Procédé : parallélisme antithétique (voir fiche 26).
Exorde B
Un exorde *ex abrupto*. Une phrase brève et percutante.
Exorde C
Une phrase solennelle. Procédé : chiasme (voir fiche 49).
Exorde D
Phrase solennelle. Procédé : anaphore (voir fiche 46).
Exorde E
Un appel à l'auditoire. Procédé : épiphore « vous » (voir fiche 46).
Exorde F
Phrase solennelle. Procédé : hyperbole (voir fiches 46 et 47).
Exorde G
Phrase solennelle. Procédé : rythme ternaire (voir fiche 58).
Exorde H
Rappel narratif. Effet de chute.
Exorde I
Rappel narratif. Jeu sur l'irréel du passé (emploi du mode conditionnel).
Exorde J
Phrase solennelle. Procédé : anaphore (voir fiche 46).
Exorde K
Exorde *ex abrupto*. Procédé : paradoxe (voir fiche 49).

2 Dans un premier temps/D'abord nous analyserons la modernité de certaines réalisations architecturales contemporaines, puis nous verrons en quoi elles empruntent à la tradition, enfin nous insisterons sur la richesse de ce dialogue continu entre tradition et modernité.

Fiche 30 (p. 85)

2 La question initiale pourrait être : « La laideur a-t-elle droit de cité en poésie ? » La citation conclusive de Breton ouvrirait une perspective sur la beauté surréaliste, liée à l'amour fou.

Fiche 44 (p. 119)

1 a) Ce livre/ Cet ouvrage est très agréable.
b) Elle se moque/ ne se soucie pas de lui faire de la peine.
c) Il en avait assez de son métier. Il ne souffrait (= supportait) plus d'exercer ce métier.
d) Il ne répond à aucun appel car il est très pris/sollicité.
e) Ne t'inquiète pas ! Je me charge des réservations.
f) Il y a beaucoup d'encombrements, mais nous arriverons à temps.

À CONSULTER

Des sites qui permettent d'écouter des discours politiques ou scientifiques

- INA.fr : sélectionner « Thèmes » / « Politique » / « Allocutions et discours »
- Collège de France : « Enseignement » → liste des différents domaines → liste des professeurs pour chaque domaine. Privilégiez les leçons inaugurales plus accessibles.
- brightness.fr/les-meilleurs-discours-des-plus-grands-orateurs

Trois films qui montrent comment il est possible de progresser à l'oral à condition d'en avoir la volonté et de s'entraîner

- *Le Discours d'un roi*, un film de Tom Hooper avec Colin Firth, 2010 : le roi George VI, le père de la reine Elizabeth II, doit vaincre son bégaiement pour assoir son autorité.
- *À voix haute*, un documentaire de Stéphane de Freitas et Ladj Ly, 2016 : l'université de Saint-Denis propose à ses étudiants une préparation au concours Eloquentia.
- *Le Brio*, film réalisé par Yvan Attal avec Camélia Jordana et Daniel Auteuil, 2017 : dans la prestigieuse université Panthéon-Assas, un professeur aigri et provocateur se voit dans l'obligation de préparer une jeune étudiante originaire de Créteil à un concours d'éloquence.

Ouvrages

- *Les Grands Discours de l'histoire : de Moïse à George W. Bush* réunis par Kevin Labiausse, Librio, 2016.
- *Les Grands Discours du xxe siècle* réunis par Christophe Boutin, Flammarion, 2009.
- *Les Grandes Plaidoiries des ténors du barreau* réunies par Matthieu Aron, Pocket, 2013.
- *Ces grands discours qui ont changé le monde, de Jésus à Malala*, Armand Colin, 2018.
- *Éloquence : Recueil de discours* de Thomas Le Goff, publication indépendante, 2019.

NOTES

NOTES

NOTES

NOTES

NOTES